벚꽃보다 먼저 너를 좋아해

조예하 장편소설

마음속 깊이 연모했던 단 한 사람

나는 그 사람을 '사쿠라'라고 부르기로 했다.

아름다운 벚꽃이 핀다

겨울 방학이 지나면 고등학교 2학년이 되는 나는 평범한 학생이다. 우리 집 뒤에는 거대한 산이 있다. 내가 사는 이 조용한 시골 마을에 버스는 단 한 대인데, 밤에는 운영도 하지 않는다.

누구보다 귀찮은 일을 하기 싫어하는 내가 그나마 할 줄 아는 거라곤 공부밖에 없다. 그렇기에 끝이 보이지 않는 공부가 나의 일상이다. 하지만 고등학교 졸업까지 책만 볼 줄 알았던 나에게 특별한 밤이 찾아왔다. 나의 마음에 낯선 발걸음이 들어온 것이다. 한 번도 연애해 본 적 없던 내가 난생처음 버거울 정도로 심장이 요동치는 경험을 하게 된 것이다!

우리 학교는 새 학기가 시작되기 전 전교생이 모여 모두를 위한 축제를 연다. 그리고 오늘이 바로 겨울 방학 중에 열리는 축제 날이다.

"카네와, 어디야. 오고 있지?"

가장 친한 친구 키레에게 전화가 왔다.

"응. 가고 있어."

"키보드 소리 나는데?"

"어떻게 알았지? 아, 나가기 싫다. 그냥 축제 끝나면 너네집으로 가면 안 돼?"

"그러지 말고 축제 한번 와봐. 작년에도 엄청 재밌었어."

"시끄러울 거 같은데."

"빨리 와. 여기 먹을 것도 엄청 많아." 배고픔은 참을 수 없는 욕구가 분명했다.

"뭐 있는데?"

"다 있어. 완전 야시장이야."

"꼬치 있어?"

"당연하지. 종류대로 다 있어. 먹고 싶은 거 다 사줄게. 빨리 와."

이미 약속도 했었기에 나가기로 마음먹었다. 실은 먹고 싶은 거 다 사준다던 키레의 말에 이미 만족했다.

"정문에서 기다려. 그리고 다 팔릴 거 같으면 꼭 포장해 놔야 돼!"

"알겠어. 늦으면 다 식는다. 얼른 와."

전화도 끊지 않은 채 휴대폰을 책상에 던져두고 간단하게 세수를 했다. 그리고 옷장에서 밝은 하늘색의 추리닝을 꺼내 갈아입었다. 내가 옷을 고르는 기준은 색깔이 전부다. 아무리 예쁜 옷이어도 색이 받쳐주지 않는다면 흔한 옷에 불과했다. 다음으로 향수를 뿌렸다. 모든 색깔에는 그에 맞는 향이 존재했다. 그 색감과 서로 다른 무게의 향은 모든 사람에게 각자의 방식으로 발산된다.

날씨는 쌀쌀했고 길거리는 고요했다. 버스는 진작에 끊겼고 택시는 기대할 수도 없었다. 집과 밭들이 있는 골목들을 지날 때마다 이방인이라도 된 듯 개들이 나를 향해 짖었다. 사실 나에게 짖는 것인지, 서로 시끄럽다고 하는 것인지, 아니면 그저 주인에게 잘 보이기 위해 짖는 것인지는 알 수 없었지만 확실한 건 화나 보이지는 않는다는 것이다. 그리고 어느 순간, 나는 어둠 속을 걸으며 그 웅장한 소리들에 의지하고 있었다.

한참을 걷고 나서야 기다리던 차선이 있는 찻길이 나왔다. 인도는 없지만 이 길만 지나면 곧 학교가 나온다. 학교 방향에서 들리는 축제 소리는 멀리서 들으니 큰 진동처럼 느껴졌다. 가로등은 추운지 빛이 힘을 잃어 조금은 으스스했다. 나는 무작정 학교 쪽을 향해 달렸다.

"금방 왔네?"

정문에서 키레가 주머니에 손을 넣고 벽에 기댄 채 기다리고 있었다.

"추워서 뛰었더니 빨리 도착했네."

"무서워서가 아니라?"

"절대로."

키레가 내 소매를 당겼다.

"그런데 있잖아. 너 옷 좀 다른 거 입으면 안 돼?"

"이게 어때서?"

"색이 너무 튀잖아."

"원래 겨울엔 밝은 옷이 예뻐."

"넌 여름에도 그러지 않아?"

"아니지. 여름은 덜 밝아."

키레에게는 다른 색들의 옷도 다 똑같이 보인 듯했다.

"그래. 존중한다. 가서 놀기나 하자."

우리는 정문을 지나 오르막길을 걸었다.

"키레, 오늘 부모님 안 계시는 거 맞지?"

"아침에 여행 가셨어. 축제 끝나고 우리 집 가서 밤새도록 놀자. 방학 끝나기 전 마지막 기회야."

"오늘 밤에 자기만 해 봐라. 내일 저녁까지 노는 거야!"

키레와 나는 웃으며 학교로 걸어갔다. 앞이 점점 밝아지더니 고소한 냄새가 후각을 자극했다.

"여기 우리 학교 맞아? 완전 행사장 같아."

"아무리 시골이어도 이 정도는 다 해. 나중에 공연 보면 깜짝 놀라겠네."

음식 부스에서 기다리던 친구들이 우리를 불렀다. 한 명도 빠짐없이 양손에 음식을 들고 허겁지겁 먹고 있었다.

"카네와, 키레! 빨리 와. 다 시켜놨어."

키레와 나는 미리 와있던 친구들과 합류했고 축제가 본격적으로 시작되기 전에 음식부터 먹어치우기 시작했다.

"키레, 오늘 축제는 몇 시까지 해?"

"밤 9시면 마무리될 거야. 10시 전에는 치우고 들어가야 되거든."

"주민 민원 때문에?"

"그것도 있고 학생들이 주최한 거라 걱정 안 되게 일찍 들어가야지."

시골 마을이라 길거리가 어둡고 사람들도 없기에 바로 이해가 됐다.

"무슨 춤을 춘다고 했었나?"

"응. 그리고 지금 행사 부스는 메인도 아니야."

"그럼 뭐가 또 있는 건데?"

"강당에서 하는 공연. 노래나 연극, 각종 미니게임 뭐 그런 거. 그리고 마지막으로 모두가 기대하는 신입생들 무대가 있어."

"신입생들도 와서 같이 축제해?"

"응. 사실 신입생들과 친해지라는 취지로 시작된 축제야."

"어쩐지 처음 보는 사람들도 많이 있더라."

"작년에 선배들이 좋은 대학에 많이 입학해서 신입생들이 더 많아진 거 같아. 그래서 더 기대돼."

키레는 누구보다도 새로운 사람들과 만나는 것을 좋아하기 때문에 들뜬 모습이었다. 운동장 스피커에서 곧 공연이 시작된다는 방송이 울렸다. 사람들은 남은 음식들을 빠르게 입안에 꾸겨 넣으며 서둘렀다.

"다들 왜 이렇게 급해?"

"최대한 가까이서 보려고 그래. 우리도 늦으면 자리 없겠다. 얼른 가자."

키레도 서둘러 일어났다. 나는 궁금하지도 않았지만, 배도 불렀겠다 한 손에 마실 것을 들고 키레를 따라갔다.

본격적인 축제가 시작됐다. 강당 문을 열고 들어가자 벌써 사람들이 가득했다. 먼저 간 친구들은 얼마나 빠르게 뛰어갔는지 제일 좋은 앞자리에 오순도순 모여있었다. 마치 덩치 큰 곰돌이들이 가장 맛있는 꿀을 먹고 싶어 기다리는 것 같았다. 키레와 나는 사람들 사이사이를 비집으며 친구들이 맡아놓은 자리에 앉았다. 그리고 공연이 시작됐다. 사회는 이번에 졸업하는 3학년 학생회장이 맡았다.

"여러분! 제가 졸업하기 전에 이 겨울 방학 축제 사회를 맡게 되어 정말 영광입니다! 저는 이 축제를 굉장히 좋아합니다. 처음 보는 사람과의 만남이 얼마나 설레던지, 1학년 때 축제를 아직도 잊지 못합니다. 자, 그럼 첫 번째 무대가 준비됐다고 하니 만나보겠습니다. 기대되시나요?"

"네!" 학생들이 환호성을 질렀다.

"그럼 시작하겠습니다. 먼저 우리 학교의 자랑 '나올밴드'입니다!"

'나올밴드'는 각종 경연 대회에서도 우승한 경험이 있는 인기 있는 밴드였다. 사람들이 박수를 치기 시작했다. 그리고 나올밴드가 나왔다. 학생처럼 보이지 않는 복장과 가발로 단장한 화려한 머리 스타일. 노란 머리를 한 마른 남자는 기타를 가로질러 멨고 검은색의 단정한 옷에 체인을 걸친 남자는 마이크 앞에 자리했다. 그리고 든든한 체형의 남자가 드럼 자리를 가득 채웠다. 사람들은 박수쳤고 노래도 따라 부를 준비를 했다. 첫 번째 곡은 모두가 함께하자는 가사의 신나는 노래였다. 이어진 두 번째 곡은 다 함께 여행을 떠나자는 노랫말이 담긴 노래였다. 그

다음엔 인기 있는 유명한 밴드 그룹의 노래를 하기 시작했고 사람들은 더욱 흥이 나 보였다. 우리는 모두가 하나가 된 듯 같은 방향으로 흔들렸다. 서로 부딪혔지만 아무도 멈추려 하지 않았다. 하지만 나의 몸은 뜨거워지고 더는 버티기 버거웠다. 사람들에게는 재밌는 놀이였을지 모르겠지만 나에게는 한낱 소음과 답답함에 불과했다.

잠잠한 곡으로 바뀌는 틈을 타 키레에게 큰 소리로 말했다.

"나 잠깐 마실 것 좀 사올게."

"같이 갈까?"

"아니야. 혼자 갔다 올게."

"빨리 와야 해. 다음 공연 금방이야!"

사람들 사이를 비집고 나왔다. 밖은 아까보다 조용했다. 사람들로 붐비던 각종 부스들은 조금씩 마무리를 하기 시작했다. 부스를 치우던 3학년 선배들에게 잡혀있는 후배들이 보였다. 나 또한 선배들의 눈에 발각되기 전에 몰래 지나가야 했다. 허리를 숙여 지나간 덕분에 다행히 눈에 띄지 않고 지나칠 수 있었다.

배도 채웠겠다 집에 갈까 고민했지만 다시 왔던 길을 혼자 돌아갈 자신도 없고 키레와 약속한 것도 있었기에 집으로 돌아가진 않았다. 대신 공연장이 아닌 내가 좋아하는 장소로 갔다. 그곳은 내가 교실에 들어가기 싫거나 옆 건물에 있는 체육관으로 이동할 때 가끔 앉는 곳이다. 그곳 벤치에 앉으면 뒤는 거대한 학교 비석이 나를 가려주었고 앞은 뻥 뚫려 있어 정문과 노루산이 보였다. 밤에 조용히 앉아 있으면 그 누구도 찾지 못할 정도로 고요했는데 마치 숨은 느낌이 나 잠이 들 만큼 편안한 곳이었다. 의자에 몸을 맡겨 다리를 쭉 뻗고 누워보니 오묘한 하늘이 보였다. 검은색이 아닌 보라색처럼 보이는 밤하늘도 새롭게 느껴졌다. 밤하늘에 은은하게 퍼져있는 별들은 하얀색에 노란색을 아주 조금 섞은 듯한 색이었다. 가장 밝게 빛나는 별이 어떤 별인지 알아볼 수 있을 정도로 모든 별은 선명하게 보였다. 하늘은 무슨 냄새일까. 저기 보이는 별들은 아주 강렬한 향이 날 것 같았다. 짙은 향이 나는 별들은 나에게 인사라도 건네는 건지 아니면 서로 놀고 있는 건지 빛의 세기를 계속해서 조절했다. 그러다 별들도 나처럼 추위를 느꼈는지 미세하게 몸을 떨며 세상을 향해 자신의 향을 퍼트리고 있었다.

키레에게 문자가 왔다.

-이제 마지막 신입생들 차례가 됐어. 얼른 와

다시 그 시끄러운 곳으로 가야 한다는 생각에 썩 내키지는 않았지만 추운 기운이 돌자 그곳의 열기가 조금은 그리워졌다. 다시 천천히 발걸음을 옮겼다.

강당이 보이자 공연 소리는 더 커졌고 다들 공연을 보러 안으로 들어갔는지 밖에는 사람이 거의 없었다. 강당 문 앞에 다다라서 손잡이를 잡으니 안에서 울리는 작은 진동이 느껴졌다. 문을 열고 안으로 들어가니 열기는 더 뜨거웠고 그사이 사람들이 더 많아진 듯했다. 강당에 가득 찬 사람들 때문에 친구들이 있는 자리로는 도저히 갈 수 없었다. 그렇기에 틈 사이를 비집으며 2층으로 겨우 올라갔다. 2층에는 의자가 있어 나름 사람들이 정렬돼 있었고 무대도 은근히 잘 보였다. 좁은 게 싫은 나 같은 사람에겐 최고의 명당이었다. 가장 넓어 보이는 한쪽 벽으로 가 팔짱을 끼고 기대어 무대를 지켜봤다.

분위기에 취한 듯 조금은 들뜬 목소리로 사회자가 말했다.

"열기가 너무 강렬해 땀이 비 내리듯이 흐르는데요. 재밌으신가요?"

"네!!" 더 큰 환호 소리가 들렸다.

"이제 마지막으로 신입생들의 댄스공연이 있겠습니다!"

무대 위를 밝히던 조명이 조금씩 어두워졌다. 학생들의 환호

소리는 아까 첫 공연과 비교되지 않을 정도로 컸고, 올해 1학년이 되는 학생 4명이 조심스럽게 무대 위로 올라가는 실루엣이 보였다. 잠시 후 스피커에서 요즘 유행하는 여자 아이돌 음악이 흘러나오며 무대가 시작되었다. 그리고 조명이 그들을 비췄다.

그 순간이었다. 나도 모르게 심장이 반응했다. 그 누구보다 빠르게 뛰었는데 이 감정은 생애 처음 느껴보는 것이었다. 당황한 채 무대를 지켜봤다. 아니, 실은 그중 한 명에게만 시선을 빼앗겼다. 네 명 중 나의 눈에 들어온 그녀는 움직일 때마다 긴 머리를 찰랑거리며 매끄럽게 주변을 감쌌다. 노래와 어울리는 스타일리시한 배꼽티와 검은 짧은 바지를 입고 있는 그녀는 그 누구보다 무대를 즐기고 있었다.

순식간에 무대가 끝났고 조명도 꺼졌다. 어두운 무대 위에 거친 호흡을 내쉬며 서 있는 그녀는 아까 내가 본 밤하늘 속 가장 밝게 빛나는 단 하나의 별처럼 보였다. 이렇게 나의 평범한 일상에 감당하지 못할 서툴고 따스한 온기의 별 하나가 떨어졌다.

그녀의 무대를 마지막으로 길고 짧았던 축제가 모두 끝났다. 한 곳만 바라보던 나의 눈은 그녀가 막에 가려 보이지 않자 자유를 찾았다. 하지만 나의 요동치는 심장은 멈출 줄 몰랐다. 언젠가 키레에게 사랑의 감정에 대해 들은 적이 있다. 심장이 비정상적으로 뛴다고 했던가. 온 생각이 그 사람으로만 가득 찬다고 했던가. 그 사람이 세상에서 제일 예뻐 보인다고 했던가.

아무도 없는 무대를 바라보는 내게 누군가 다가왔다.

"여기 있었네. 공연 다 봤어? 재밌었지? 마지막 신입생 애들 너무 잘 추더라. 그치?"

축제에 흥이 난 키레였다. 나는 마치 혼이 나간 듯 힘없이 키레에게 말했다.

"사랑이 뭐라고 했지?"

"사랑? 갑자기?"

"응. 나 지금 진지해."

키레가 웃으며 진지한 내 표정을 보며 말했다.

"음… 심장이 엄청나게 빨리 뛴다거나, 한 사람만 계속 생각난다거나."

나는 의미심장하게 물어봤다.

"세상에서 제일 예뻐 보이는 거는 당연한 건가?"

키레가 조금 당황했다.

"예쁘다고?"

"응. 예쁜 걸 넘어서 뭐랄까. 음… 그냥 아름다웠어."

"뭐? 아름다웠다고?"

키레는 나의 입에서 '아름다움'이라는 단어가 나온 것에 많이 놀란 모양이다.

"그래. 그랬다고."

"혹시, 이번 신입생이야?"

나는 작은 목소리로 대답했다.

"응. 네 명 중 한 명이 자꾸 생각나."

그러자 키레가 크게 웃으며 말했다.

"너 그 아이 좋아하는구나!"

키레가 나를 흔들자 조금씩 입꼬리가 올라갔다.

"무슨, 아니야."

어린애처럼 부정했다.

"너는 거짓말하면 다 티나."

나는 키레에게 거짓말을 하면 항상 들키곤 했다. 어떻게 아는 건지 모르겠지만 키레는 내 표정에 다 보인다고 한다.

"일단 나가자. 늦게 나가면 청소할 수도 있어."

그렇게 우리도 사람들 틈에 섞여 강당을 빠져나왔다. 열기가 가득 찬 곳에 있다가 나와서 그런지 밖이 그리 춥진 않았다. 남은 부스들마저 모두 정리를 마쳐 밤은 더욱 어둑하게 느껴졌다.

키레는 신이 난 듯 내게 물었다.

"그래서 너의 마음을 훔친 그 애가 누군데."

"마음을 훔쳤다니! 그냥 예뻐 보인 거뿐이야."

키레는 부정하려는 나의 모습을 보고 자꾸만 웃었다.

"알겠어. 그 여자애 단발이야?"

"아니. 앞머리에 긴 발. 그리고 배꼽티."

"기억이 안 나네. 혹시 사진 찍었어?"

"아니. 아무 생각이 안 났어."

"으휴! 나중에 애들한테 물어보자. 가자."

나는 정문을 나가려는 키레의 팔목을 붙잡았다.

"혹시 모르니까 조금만 기다려볼까?"

"너 정말 진심이구나?"

"기다렸다 갈 거지?"

"그래. 곧 다 나올 거야."

그렇게 우리는 모든 사람이 다 나올 때까지 멀뚱히 서서 그녀를 기다렸다. 하지만 끝내 그녀를 발견하지 못했다.

"카네와, 아쉽지만 걔 기숙사로 갔나 봐."

"기숙사?"

"응. 기숙사생은 오늘부터 새로 생긴 기숙사에서 자거든."

"아… 그 건물이 기숙사구나."

"곧 개학하니까 그때 만나봐."

키레는 추운지 몸을 벌벌 떨고 있었다.

"춥다. 얼른 가자."

아쉬움을 뒤로한 채 우리는 키레의 집으로 향했다.

오랜만에 놀러 온 키레의 집은 변한 것 없이 똑같았다. 넓은 마당이 있는 이층집에 나무로 된 장식들과 항상 깔끔하게 정리되어 있는 식탁. 가족사진으로 가득 차 있는 냉장고 문에는 더 이상 뭔가를 붙일 자리도 없어 보였다. 우리는 이층으로 올라가 넓은 마루에 음식을 두고 나란히 앉았다.

"키레, 애들한테 연락은 해봤어?

"응. 근데 기숙사 애들은 다 휴대폰 제출했는지 연락 없고 나머지는 아직 모른대."

"그렇구나. 나 정말 그 애 좋아하는 걸까? 진짜 좋아하는 거면 어떡해?"

"뭘 어떡해. 그냥 좋아하는 거지."

"또 심장이 떨려."

"괜찮아. 원래 그런 거야."

키레가 방에서 물병 하나를 가지고 왔다. 그리고 옅은 한숨을 쉬었다. 키레는 컵에 물을 따라 반기지 않는 듯 지긋지긋한 표정으로 마셨다.

"쓰다."

키레의 얼굴이 일그러졌다.

"그거 술이야?"

"응. 마셔볼래?"

키레의 잔에 남은 술을 마셨다. 쓴맛과 냄새에 인상이 찌푸려졌다.

"쓰기만 한데 이게 맛있어?"

"맛없어."

"근데 왜 마셔?"

"하루의 마무리지. 먹어야 잠을 잘 수 있으니까."

"먹어야 잠을 잘 수 있다고?"

키레가 주방으로 가서 물을 가지고 왔다.

"오늘은 더 안 마셔도 되겠다. 너는 더 마실래?"

"난 괜찮아."

"근데 네가 좋아하는 사람이 생겼다니. 아직도 조금 놀라워."

"너는 예뻐 보인 애 없었어?"

"응. 하나도."

"근데 너는 연애도 안 했으면서 왜 이렇게 잘 알아?"

"기본이지."

"너 솔직히 말해. 여자친구 있지."

"없어."

"그럼 있었지."

키레는 아무런 대답도 하지 않았다.

"뭐야 진짜 있었어? 왜 안 알려줬어. 누구였는데."

키레는 부정은 하지 않았다. 하지만 재미없다며 주제를 계속 돌렸다.

"지금부터 우리 집에서 여자 이야기는 금지야."

"그런 게 어딨어."

"너 좋아하는 애 생겼다고 소문낸다?"

"치사한 자식."

"피곤하다. 점점 술기운이 올라오나 봐."

차분한 공기가 우리 주위를 감쌌다.

"키레, 너는 요즘 살만해?"

"그냥 그래. 갑자기 왜?"

"아니, 나는 시간이 지나니까 많아진 공부량이 좀 버거워서.

나만 못 견디나 하는 생각도 들고."

"아니야. 나도 공부량이 많아진 걸 요새 좀 느껴."

"힘들진 않아?"

넌지시 물은 내 말에 키레가 한숨을 쉬며 말했다.

"당연히 힘들지. 근데 우리는 감사해야 돼."

"어느 거에?"

"공부만 할 수 있다는 거에."

무슨 말인지 바로 알아들었다. 돈을 벌기 위해 학교를 떠난 친구도 있었고 하교 후 독서실이 아닌 일을 하러 다닌 친구들도 많았다. 모두 현실에 치여있었다.

"맞지. 그거는 감사하지. 그래도… 어떻게 그렇게 잘 참아?"

"미래를 위해?"

"미래?"

"나는 믿어. 좋은 대학 가고 돈도 많이 벌면 그때부턴 행복한 삶을 살게 될 거라고."

"사실 대학 안 가도 돈만 많으면 누구나 원하는 삶을 살 수 있지 않아?"

"맞아. 하지만 돈으로는 얻지 못하는 여러 가지가 있잖아."

"명예 같은 거?"

"그것도 하나의 중요한 이유지."

키레는 공부하는 이유가 명확했다. 키레의 인생에서 좋은 대학에 가는 것은 꼭 필요한 과정처럼 보였다. 키레는 확고한 꿈을 가지고 있었다. 어렸을 때는 파일럿이었지만 지금은 CEO가 되는 것이 꿈이다. 막대한 부를 쌓는 것. 당당한 직위를 갖는 것. 존엄한 명예를 갖는 것. 자신과 어울리는 사람들을 사귀는 것.

키레는 그 누구보다 열심히 공부한다. 오늘같이 노는 날은 일 년 중 몇 번 없는 날이다. 오늘도 저녁까지 공부하다 축제에 온 것일지도 모른다. 사뭇 진지한 말투로 키레에게 말했다.

"나는 네가 꼭 원하는 대학도 가고 나중에 멋있는 CEO가 됐으면 좋겠어."

"나도 네가 꼭 꿈을 이뤘으면 좋겠어. 그냥 하는 말 아니야."

우리는 진지한 표정으로 서로를 바라보다 오글거리기라도 한 듯 웃었다. 그래도 서로의 진심을 누구보다 잘 아는 우리였다. 기분 좋으라고 하는 말이 아닌, 진심으로 서로의 행복을 바란다는 것을. 그리고 언제 어디서나 함께할 거라는 것도.

"카네와, 우리 일단 꼭 원하는 대학에 가자! 거기는 방학도 길 대. 그때 신나게 노는 거야!"

"당연하지. 어린애처럼 손가락 걸고 약속이라도 할까?"

"뭐래. 하지 마."

나는 새끼손가락을 키레의 손가락에 걸었다.

"사람은 충격받으면 더 잊지 못한대."

"충격?"

"응. 뇌에 충격을 줘서 잊지 못하게 하는 거지."

"정말 잊지 못할까?"

"뭐냐에 따라 다르겠지. 어떤 사람은 어렸을 때 받은 상처가 큰 충격이 되어 죽기 전까지 그 기억을 잊을 수 없었대."

"그렇다면 나에게는 그 충격이 좋은 충격이었으면 좋겠다."

"당연히 그럴 거야. 우리도 이 작은 충격으로 이날을 더 오래 기억하게 될 거야."

"물론이지."

키레의 새끼손가락에서 미세한 힘을 느꼈다.

그날 밤 우리는 먼 훗날 추억이 될 이야기를 작은 포장지에 담아 마음속에 간직했다.

*

겨울 방학 축제 이후 나와 키레는 각자의 일상을 보냈다. 둘 다 공부만 한 일상이니 별로 다를 것도 없겠다. 우리는 자주 만나지 못했고 가끔 저녁에 밥 한 끼 먹는 것이 전부였다. 그래도 그것만으로도 서로에게 힘이 되었다.

　날은 점점 따듯해졌고 유난히 길었던 겨울 방학이 끝났다.
　2학년 첫 학기가 시작됐다. 오늘은 누가 방으로 찾아오기 전에 혼자 일어났다. 빨리 학교에 가서 축제 날 봤던 그녀를 다시 보고 싶다. 이름은 무엇일까. 분명 외모만큼 아름다울 것이다.
　창문 밖에서 새들의 지저귀는 소리가 들려왔다. 평소엔 서로 영역 다툼하는 것처럼 들리더니, 오늘은 아침 인사를 하는 듯 신나는 노랫소리로 들렸다. 아침마다 눈을 찌르듯 따갑게 방을 비추던 햇볕도 반갑게만 느껴졌다. 이불을 활기차게 걷어차고 흥얼거리며 주방으로 갔다. 주방에 있던 엄마가 놀라며 말했다.
　"밤새웠어? 아니면 혼자 일어난 거니?"
　"당연히 혼자 일어났죠!"
　엄마는 웃으며 말했다.
　"왜 이렇게 신났니? 학교에 그렇게 가기 싫어하는 애가."
　'어떤 여자애가 궁금해서'라고 말할 수는 없었기에 둘러대며 말했다.

"오랜만에 친구들이랑 만나서 학교에 가기로 했거든요."

엄마는 손수 만든 음식들을 하나씩 식탁 위에 올렸다. 물기 없이 정갈한 음식들을 보니 들뜬 마음이 한결 차분해졌다.

"이거 먹고 가. 맛있을 거야."

오랜만에 아침밥을 먹고 학교 갈 준비를 했다. 오늘은 특별히 산을 탈 때만 꺼냈던 선크림도 바르고 머리도 나름 손질했다. 그리고 엄마의 손길이 묻어나는 깔끔히 다려진 교복을 입었다. 평소보다 준비를 많이 하다 보니 일찍 일어났음에도 똑같이 늦었다. 서둘러 가방을 메고 힘차게 현관문을 열었다. 집 마당엔 큰 나무가 한 그루 있는데, 그 나무는 매년 이맘때가 되면 우리 집 강아지 꾸꾸의 집 그늘이 되어주곤 했다. 고마운 마음에 나무에게 인사를 건네자 꾸꾸가 앞장서며 내리막까지 나를 안내했다. 앞서나갔다 다시 돌아오며 풀 속에 들어갔다 나오기를 반복하는 꾸꾸. 그 모습이 귀여워 머리를 쓰다듬어주고는 발걸음을 재촉했다.

가는 길마다 수줍은 꽃들이 피어있었다. 바야흐로 설레는 봄이 온 것이다.

학교 정문에는 처음 보는 신입생들과 오랜만에 보는 친구들이 한 데 보여 마치 시장에 온 듯 어수선했다. 그때 키레와 같이 있던 한 무리가 나에게 다가왔다.

"오랜만이다, 카네와. 잘 지냈어?"

"나야 뭐. 너는?"

"나는 그냥 그럭저럭? 그것보다 너 좋아하는 사람 생겼다며."

친구들이 웃으며 나를 놀렸다.

키레 이 녀석 벌써 소문을 낸 모양이었다. 키레를 째려봤지만, 키레는 모르는 척 매점으로 도망쳤다.

"키레!"

나 역시 도망치듯 매점으로 따라갔다. 키레에게 다가가 다른 사람에게 들리지 않도록 작게 말했다.

"소문내면 어떡해! 좋아하는 것도 아닌데."

"일부러 소문낸 게 아니라, 나는 그냥 기숙사 애들한테 그때 네가 본 여자애가 누군지 물어보기만 했는데…"

"뭐라고 물어봤는데?"

"음….."

"내가 궁금해한다고 했어?"

"당연하지."

"좋아한다고도 했어?"

"아니. 그냥 예뻐 보인다고 했었나?"

"그게 그거잖아!"

키레는 나를 토닥이며 말했다.

"괜찮아. 하나의 해프닝이야."

"뭐?"

키레는 나를 피해 또다시 도망쳤다. 그리고 나는 그 뒤를 쫓아갔다.

나른한 봄날 첫 수업 시작을 알리는 종이 울렸다. 결국 키레를 잡지 못한 채 교실로 들어갔다. 오랜만에 들리는 친구들의 떠드는 소리와 어수선한 분위기에 개학했다는 것이 정말 실감 났다. 칠판에는 각자의 자리가 표시되어 있었고 나는 내 자리로 찾아갔다. 운이 좋게도 나는 맨 뒷자리였고 옆에는 창문이 있었다. 밖에 나무가 얼마나 크고 가까운지 손을 뻗으면 닿을 정도였다. 나뭇잎 사이사이로 바람이 솔솔 불어왔다. 적당한 햇살도 함께 보내주는 그 나무가 어쩐지 나는 마음에 들었다.

1교시는 새로 담임을 맡게 된 선생님의 소개와 소소한 질문 시간으로 채워졌다. 4교시까지는 책을 받고 정리하다 보니 쉬는 시간이랄 것도 없이 정신없이 시간이 흘렀다. 그리고 점심시간을 알리는 종이 울렸다. 교실에 있던 아이들은 서로 앞다투며 급식실로 달려갔고 나는 키레를 기다렸다. 키레는 항상 나와 점심을 같이 먹기 위해 우리 반으로 찾아왔다.

"1학년 교실에 가볼래? 그 여자애 만나야지."

너무 궁금했지만 이미 소문이 나기도 했고, 친구들의 시선도 불편했기에 거절했다.

"아니야. 언젠가 우연히 마주치겠지."

"우연도 움직여야 일어나는 거야."

키레가 나를 일으켜 세웠다. 적극적으로 도와주는 게 좋으면서도 한편으론 걱정되기도 했다.

"키레, 그러면 티 나지 않게 급식실 가는 척 지나가자."

1학년의 교실은 1층 중앙에 있는 교무실과 그 끝에 있는 보건실 위층인 2층에 있었다. 그렇게 우리는 교무실 앞을 지나가기 싫어하는 사람으로, 누가 봐도 티가 나게 위장했다. 그리고 1학년 교실을 지나갔다. 용기를 내 위장까지 했건만 걷는 속도에 비해 교실 안을 살피는 시간은 턱없이 부족했다. 그렇다고 대놓고 볼 수도 없었다. 긴장했던 나는 그녀는 찾을 수 없었을 뿐더러 지나가며 인사하던 1학년 후배들의 인사도 제대로 받지 못했다.

"카네와, 너무 빨리 걸은 거 아니야?"

"그럼 어떡해. 다 나를 쳐다보는 거 같아."

"다시 돌아갈까?"

"아니야. 지금은 너무 티나. 밥 먹고 다시 지나가 보자."

"근데 그냥 반에 들어가서 축제 때 춤춘 여자애 어디 있냐고 물어보면 안 돼?"

"당연히 안 되지. 엄청 불편해할 거야."

우리 학교는 급식실이 작기에 학년별로 먹는 시간을 나눴다. 3학년이 다 먹고 2학년이 들어갔다. 키레와 나는 1학년이 들어올 때까지 최대한 천천히 먹었지만 그녀를 찾을 수 없었다. 하는 수 없이 우리는 다시 1학년 교실 앞을 지나갔다. 하지만 1학년 교실에 그녀는 없었고 밥을 먹지 않는 몇 명만이 있었다. 오늘 학교에 나오지 않은 것일까. 화장실에 갔나. 우리가 나올 때 급식실에 들어갔을까. 그렇게 아무 수확 없이 운동장을 향해 중앙 문을 열고 나갔다. 잔디로 가득한 운동장과 그 옆을 둘러싼 트랙은 나의 쉼터였다. 따뜻하게 불어오는 바람과 햇살에 몸이 나른해졌다.

점심시간엔 책상에서 떠드는 아이들도 있고 매점에 가는 아이들도, 공부하는 아이들도 있다. 하지만 나처럼 밖을 걷는 사람은 소수다. 나 역시도 보통은 쉬는 시간과 점심시간에 자거나 공부를 했지만, 오늘은 키레의 권유로 같이 걷기 시작했다.

"카네와, 이 좁은 학교에서 왜 이렇게 만나기가 힘들까."

"설마 나 피해 다니는 거 아니야?"

"그럴 리가."

그 순간, 강당에서 처음으로 그녀를 봤을 때처럼 내 몸이 멈췄다.

"어?"

"왜?"

"저기 있어."

"어디? 운동장에?"

"저기 반대편. 두 명 중에 오른쪽."

누군지 알아차렸는지 키레가 웃으며 말했다.

"아. 맞네. 그때 그 아이다. 너의 마음을 사로잡은!"

키레는 방방 뛰며 나보다 더 신나 하며 말했다.

"가보자. 얼른."

무작정 그녀에게 향하는 키레를 잡았다.

"아니, 아직 몰라. 내가 안 좋아하는 걸 수도 있다고. 잘못 봤을 수도 있고."

"그게 무슨 상관이야. 그냥 인사하러 가는 거지. 같은 학교 선배로서."

키레는 항상 자신감이 넘쳤다. 뭐든지 하고 보는 스타일. 그래도 아직은 준비가 되지 않았던 나는 그녀를 가까이서 한 번 더 보고 싶었다. 그래서 키레에게 부탁하듯이 말했다.

"제발…. 우리 반대로 걸어서 지나쳐보자. 아무것도 아닌 것처럼."

키레는 내가 답답한 듯 하늘에다 아우성을 쳤다. 나는 그런 키레를 서둘러 말렸다.

"야. 다 쳐다보겠어. 조용히 좀 해봐."

"알았어. 반대로 걸어보자."

그렇게 나는 그녀와 마주치기 몇 분 전의 상황에 놓였다. 심장이 몇 바퀴라도 뛴 것처럼 두근거렸다. 얼굴은 달아올랐고 숨은 왜 이렇게 벅차던지 가슴이 답답했다. 순식간에 그동안 애타게 찾았던 그녀가 팔만 뻗으면 닿을 정도로 가까워졌다. 여자애들은 눈치를 챈 듯 우리를 바라보며 웃으며 지나갔다. 그렇게 처음으로 그녀와 눈을 마주쳤다. 우리는 분명 그 순간 서로의 존재를 인식했다.

운동장에서 본 그녀는 역시나 아름다웠다. 뭔지 모르게 웃고 있는 그녀의 옅은 미소는 꼭 나를 향해 짓는 것 같았다. 그리고 확실하게 대답할 수 있었다.

"나 저 아이 좋아하는 거 같아."

그렇게 나의 사랑은 시작되었다.

*

개학한 지 며칠이 지났다. 첫날의 학교는 너무나 정신없었다. 오랜만에 만난 친구들과 바쁜 학교생활. 그리고 무엇보다 그녀를 좋아한다는 확인, 아니 확신이 짙어지자 그녀는 내 머릿속에 깊게 박혀 나올 생각을 안 했다. 이 감정을 어떻게 해야 할지 모르겠다. 하지만 한 가지는 확실했다. 그녀와 대화해보고 싶었다. 솔직하게 말하면 운동장을 걷고 있는 그녀의 옆자리가 내 자리가 되기를 바랐다.

1교시 시작 전, 항상 반에서 하루의 계획을 세우는 키레에게 찾아갔다. 그리고 진지하게 물었다.

"나 너무 심란해."

"또 뭔데. 별거 아니잖아."

"아니야. 내가 며칠 동안 고민했는데, 나 그 애한테 다가갈 거야."

키레가 흥미를 보이는 듯했다.

"오. 근데?"

"그래서 말인데, 그 애한테 번호를 물어볼까? 그럼 그 애가 알려줄까?"

키레는 뭐가 그렇게 웃긴 건지 내가 진지하게 말할 때마다 웃음을 터뜨렸다.

"아. 미안. 나도 모르게 웃음이 나왔네."

"어떻게 해. 나 다음 쉬는 시간에는 꼭 갈 거란 말이야."

"그건 맘대로 해."

"그래서, 너라면 어떻게 할 건데. 알려줘 봐."

키레가 잠시 생각에 빠졌다. 그리고 신중한 표정으로 대답했다.

"복도에 사람도 많으니까 번호가 적힌 종이를 만나서 주고 와. 그게 네 성격상 더 편할 거야."

"보통은 번호를 물어보지 않아?"

"옛날에는 그랬지. 근데 요즘은 싫으면 연락하지 말라는 선택지도 함께 주는 게 유행이야. 그래야 부담도 덜 되고."

키레는 놀 때는 확실하게 놀아서 그런지, 매일 공부만 하는 애가 나보다 훨씬 많은 것을 알고 있었다.

"아, 그리고 마실 거라든가 젤리나 초콜릿도 같이 주면 좋아할걸?"

"젤리랑 초콜릿? 어느 거? 둘 다?"

"다 정해줘야 하냐! 젤리로 줘. 초콜릿은 몰라도 젤리 싫어하는 여자는 없더라."

"넌 어떻게 다 아냐?"

숨겨진 연애 고수였다. 나의 든든한 조력자.

종이 울렸다.

"포스트잇 한 장만 가져갈게. 아니 세 장. 그럼 나 간다."

교실에 돌아와 셀 수도 없을 만큼 교과서에 내 번호를 적고 또 적었다. 그리고 가장 잘 적을 수 있을 것 같을 때 포스트잇에 번호를 옮겨 적었다. 처음에 적은 건 종이에 비해 글씨가 너무 작았다. 두 번째는 처음부터 번호를 너무 크게 적어 다 적을 자리가 없었다. 다행히도 하나 남은 마지막 종이에는 비교적 깔끔하게 번호를 적었다.

순식간에 1교시가 끝났다. 떨리는 마음으로 번호가 적힌 종이를 손에 쥐고 서둘러 매점으로 향했다. 매점에 가니 여러 가지 젤리들이 있었다. 그리고 나는 수업 시간에 몰래 먹기 좋은 비닐이 아닌 플라스틱에 담긴 곰돌이 젤리를 골랐다. 또한 냉장고에서 가장 시원해 보이는 제로 음료 하나를 골랐다. 생각보다 센스가 넘치는 나에게 놀랐다. 흔히 말하는 섬세한 남자라도 된 것 같았다. 그렇게 나는 그녀를 향한 마음을 확신으로 가득 채운 채 당당하게 걸어갔다.

설레는 마음으로 마지막 중앙 계단을 올랐다. 한 걸음을 뗄 때마다 떨림과 설렘이 공존하는 내게 쉬는 시간은 야속하게도 서두르라며 재촉했다. 드디어 1학년 복도까지 몇 발자국밖에 남지 않았다. 마지막으로 내가 오랜 고민 끝에 내린 멘트를 중얼중얼 곱씹었다. 심장은 왜 이리 빠르게 뛰던지 말도 잘 안 나왔다.

"카네와 맞지?"

이번에 우리 학교로 전근 오신 1학년 선생님이었다.

"안녕하세요! 쿠로 선생님."

"내 이름을 알고 있네?"

"저번에 도서관에 붙어있는 학교 선생님들 사진 다 봤거든요. 미술 선생님이라 더 기억에 남았나 봐요. 선생님도 제 이름을 알고 계시네요?"

"그럼. 선생님들 사이에서 네 이야기가 많이 오갔어. 네가 밝게 인사를 하면 기분이 좋아진다고 소문이 났거든."

어릴 때부터 지겹도록 들은 아버지의 조언 덕분에 어디서나 인사성이 밝다는 칭찬을 듣곤 한다. 그저 큰 소리로 인사한 것뿐인데 좋은 인상으로 보인다는 것은 언제나 놀라운 일이다.

"카네와, 미술을 좋아하나 보네?"

"네. 유일하게 좋아하는 수업이에요."

"그러니? 보통 체육을 좋아하던데. 미술의 어느 부분이 좋니?"

"조용하게 있을 수 있잖아요."

"에이. 그게 끝이야? 나는 특별한 이유가 있을 줄 알았는데."

"제일 솔직한 수업 같아요. 감정을 표현할 수도 있잖아요."

"감정?"

"네. 그림은 잘 못 그려서 아쉽지만 도안에 색칠하는 걸 좋아해요. 제가 원하는 감정의 색으로 하나씩 채우는 걸요."

"넌 참 감성적이구나. 다음에 미술실에 한번 와. 네가 좋아할 만한 도안들이 있어."

"정말요? 감사합니다."

쿠로 선생님에게 고개 숙여 감사 인사를 했다.

"그래. 마음껏 고를 수 있게 잔뜩 준비해 둘게."

쿠로 선생님은 말간 미소를 남긴 채 수업 준비를 하러 갔다.

잠깐의 대화 덕분에 긴장이 조금은 풀렸다. 하지만 정말 시간이 얼마 남지 않았다. 다음 쉬는 시간에 와도 되지만 지금 돌아간 다면 다시는 못 올 것 같았다. 마지막 심호흡을 하며 계단에서 나와 1학년 복도로 고개를 돌렸다. 그 복도에선 그녀가 친구들 과 함께 웃고 있었다. 운동장에서 만났던 것처럼 어디든지 돌아 다니는 걸 좋아하는 것 같았다. 그녀의 친구들은 나를 발견했고 젤리와 음료수, 그리고 쪽지를 들고 멈춰버린 나를 보자 웃음을 숨기며 교실로 먼저 들어갔다. 역시 저번에 운동장에서 봤을 때 처럼 내가 알지 못하는 그들만의 무언가가 느껴졌다. 그리고 한 순간에 복도에는 그녀와 나 단둘만 남았다. 창문 너머 따듯한 햇살을 받으며 서 있는 그녀와 눈이 마주쳤다. 조용해진 복도. 시간이 멈춘 듯했다.

심장은 또다시 미친 듯이 뛰고 호흡은 빨라졌다. 가만히 서 있 는 그녀가 반으로 들어가기 전에 서둘러 다가갔다. 그리고 그녀 의 앞에 도착했을 때, 종이 울렸다.

더 초조해진 나는 떨리는 손으로 서둘러 그녀에게 내가 가지 고 있는 모든 것을 건넸다.

"저… 혹시… 아니… 이거 먹어."

그녀의 눈을 똑바로 바라보며 말했다.

"괜찮다면 연락 줘!"

가까이서 마주 본 그녀의 미소는 얼마나 아름답던지 작은 숨도 내쉴 수 없었다.

그렇게 나의 마음은 그녀에게 전달되었다. 바보같이 대답도 듣지 않고 뛰어 돌아갔지만, 가슴은 후련했고 마음의 짐도 어느 정도 덜어진 듯했다. 그래서인지 가는 발걸음이 가벼웠고 웃음은 멈추질 않았다. 그녀가 나를 싫어할 수도, 부담스러워할 수도 있다. 하지만 나의 마음을 전달했다. 그리고 무엇보다 중요한 건 어찌 됐든 그녀는 웃고 있었다. 이것이 설렘이라는 건가. 향기로운 봄바람을 맞으며 교실로 돌아가는 길이 마치 소풍을 떠나는 길처럼 달콤했다.

설레는 마음만큼 기다림도 컸다. 그녀에게 번호를 준 직후인 2교시에는 온갖 설렘이 나의 마음을 채웠지만 3교시가 되니 점점 그 마음이 초조함으로 변해갔다. 번호를 잘못 적었나. 아니면 이것이 그녀의 대답인 건가. 수업은 눈에 들어오지 않았고 휴대폰만 쳐다봤다. 그리고 3교시 쉬는 시간, 다음 수업 준비는 뒤로한 채 심란한 마음으로 키레를 찾아갔다.

"아직 연락이 없어."

"걔한테?"

"응."

"1교시 쉬는 시간에 줬어?"

"응."

"부담스러워했어?"

"몰라. 근데 웃었어. 확실히 미소 지었어."

"비웃은 거 아니지?"

"나 그 정도 눈치는 있거든."

"장난. 그러면 조금 더 기다려봐. 혹시 내일 올 수도 있어."

"내일? 그렇게 생각이 오래 걸리는 거야?"

"생각이 많거나 너무 좋거나. 뭐 다른 걸 하고 있을 수도 있지. 조금만 더 기다려봐."

"응? 너무 좋거나? 그건 무슨 말이야."

"나 체육복으로 갈아입어야 해. 아무튼 더 기다려봐."

키레는 내 말을 들은 건지 만 건지 자기 할 말만 하고 나갔다.

하여튼 조금 더 기다려야 한다는 키레의 얘기에 희망을 버리지 않고 다시 의자에 앉았다. 그리고 휴대폰을 가만히 쳐다보았다. 수업이 시작되자 휴대폰을 몰래 보는 긴장이 더해져 더 초조해졌다. 시간은 덧없이 흘렀다. 가끔 알림이 울렸는데 쓸데없

는 광고와 내 간절한 마음을 분명히 모르는 키레의 장난 문자뿐
이었다. 어느덧 점심시간이 되어 키레가 찾아왔다.

"연락 왔어?"

"'젤리 잘 먹었어요. 사랑해요.'라고 왔어."

키레가 큰 소리로 웃었다. 그 웃음은 복도 끝까지 울릴 정도였
다. 그리고 축 처져 있는 나를 보며 말했다.

"미안. 문자로 장난 한번 쳐 본 건데 이렇게 심란해할 줄이야."

"나 오늘 밥 안 먹어."

"미안해. 얼른 밥 먹으러 가자."

"아니, 너 때문이 아니야."

"혼자 뭐 먹었구나?"

"아니. 배고파."

"그럼 왜 그런 거야."

"혹시 마주치면 민망하잖아."

"걱정은. 마침 잘됐네. 나도 할 것도 많았는데 안 먹어야지."

"뭐 할 건데?"

"공부해야지 뭐. 매점 갔다 올 건데 같이 갈래?"

"나는 괜찮아."

"그럼 뭐라도 사다 줘?"

"너 뭐 먹을 건데?"

"빵?"

"그럼 나도 그걸로….""

"무슨 맛."

"초코….""

"왜 이렇게 기죽었어. 너무 상심하지 마. 아직 몰라."

"키레…"

"괜찮다니까. 원래 좀 늦어. 금방 올 거야. 걱정하지 마."

"아니, 그게 아니라. 빵 두 개. 아니, 세 개?…"

키레가 문을 박차며 나갔다.

"걱정한 내가 바보지. 네가 사 먹어라. 난 간다."

물론 말뿐임을 알았다. 쌀쌀하고 인정없어 보이지만 누구보다 다정한 키레니까. 예상대로 얼마 지나지 않아 키레는 빵 세 개에 음료수까지 사서 내게 건넸다.

"유통기한 확인 안 했어. 먹든지 말든지."

나는 확인할 생각조차 안 하고 맛있어 보이는 빵을 한입 베어 먹었다. 왜 이리 달콤한지, 지금 이 순간 문자만 온다면 분명 최고의 하루가 될 것만 같았다. 책상에 수많은 경우의 수를 적었다. 이상하게도 인정하기 싫은 결과만 나왔다. 모든 걸 체념한 나는 엎드려 기도했다. 그렇게 시간이 흘러 5교시가 끝나기 10분 전, 문자가 하나 왔다.

-안녕하세요! 주신 곰돌이 젤리와 제로 음료 잘 먹었습니다!

처음 보는 번호였다. 그리고 분명 우리 둘만 아는 내용이었다. 나는 책상을 박차며 일어났다. 수업이 빨리 끝났기에 혼나지는 않았지만 모두가 나를 쳐다봤다. 하지만 민망함은 하나 없이 기쁘기만 했다. 모든 곳에 자랑하고 싶었다. 그녀와 조금이라도 친해진 것 같았다. 순간 자신감이 생긴 나는 그녀에게 일어선 채 답장을 보냈다.

-이번 쉬는 시간에 만날래?

그리고 곧바로 답장이 왔다.

-좋아요!

그녀와 처음으로 한 약속이다. 우리는 보건실 앞 화단에서 만나기로 했다.

5교시 수업을 마치는 종이 울렸다. 만나서 무슨 말을 해야 할지 생각도 못 했지만 서둘러 화장실 거울로 달려가 머리를 손질했다. 엉켜있는 머리를 이곳저곳 다듬으며 목을 풀고 있을 때였다.

"카네와, 어디가?" 키레였다.

"답장 왔어. 지금 둘이 만나러 간다고!"

"짜식. 좋겠네."

"지금 머리 어때?"

"뭐 했어?"

"조금 달라지지 않았어?"

"…"

"됐다. 나 간다."

"쑥스러워하지 말고 즐기고 와!"

빨리 보고 싶은 마음에 뛰어가고 싶었지만 바람에 머리를 망칠 수는 없었다. 걷지도 뛰지도 않는 이상한 걸음으로 그녀에게 향했다. 화단이 보이자 아무렇지 않은 척 천천히 걸으며 숨을 골랐다. 저 멀리, 그녀가 보이기 시작했다. 꽃을 바라보고 있는 그녀의 모습은 너무나 청순해 보였고 그녀가 입고 있는 회색 재킷은 교복이 아닌 다른 옷처럼 고급스러워 보였다.

그녀의 옆에 다가가자 특유의 향이 났다. 따뜻하지만 다른 냄새와는 섞이지 않겠다는 그녀만의 강렬한 향기. 그녀의 향기는 나의 심장을 두드렸고 아무런 저항 없이 스며들었다.

그녀의 모습은 조금 전 1교시 쉬는 시간과는 달랐다. 그때도 분명 예뻤지만 지금은 훨씬 예뻤다. 조금 꾸미기라도 한 걸까. 그녀의 모습은 내 평생에서 제일 아름다운 모습이었다.

"…안녕?"

그녀가 수줍게 웃으며 나의 눈을 바라봤다.

"안녕하세요!"

그녀의 당돌하면서도 쑥스러움이 묻어나는 목소리가 들렸다.

"이름이 뭐야?"

"사쿠라예요."

사쿠라, 그녀와 너무나 잘 어울리는 이름이었다.

"선배는 카네와죠?"

놀랍게도 그녀는 내 이름을 알고 있었다.

"맞아. 어떻게 알았어?"

"소문을 들었어요."

내가 사쿠라를 좋아한다는 소문이 1학년에까지 퍼진 모양이다.

"아…. 미안해. 일부러 소문낸 게 아니라…"

"아니에요! 근데 그 소문 진짜예요?"

"응. 아마."

"믿어지지가 않아요."

사쿠라가 의외의 말을 했다.

"왜?"

"선배, 우리 학년에서 인기 많은 거 알아요?"

"내가?"

"네. 잘생겼다고 다들 알고 있어요. 그래서 믿지 않았어요. 저를 좋아할 리가…."

"잘생겼다는 말 처음 들어봐. 그래도 다행이다. 네가 불편해할 줄 알았는데."

"하나도 안 불편해요. 근데 저 어디서 봤어요?"

"이번 방학 축제 때 봤어."

"혹시 춤도 보셨나요?"

"그때 처음 본 거야."

"아. 춤 보셨구나. 왠지 부끄럽네요…."

사쿠라의 얼굴이 붉게 달아올랐다. 잠시 후 수업 시간을 알리는 종이 울렸다. 다행히도 불편해하지 않는 그녀를 보며 또 한 번 용기를 냈다.

"혹시 괜찮다면 다음 쉬는 시간에도 만날래?"

사쿠라는 내 눈을 똑바로 바라보며 말했다.

"좋아요!"

사쿠라를 만난 후 나의 일상이 전부 바뀌었다. 아침에 일찍 일어나 최대한 꾸미고 학교에 갔다. 좋은 체력을 유지하기 위해 아침밥도 꼬박꼬박 먹었다. 학교에 갔더니 친구들이 1학년 후배랑 사귀는지, 그때 텃밭에 같이 있었던 여학생이 누구인지 물었다. 실은 그 여학생이 누구인지에 대한 질문보다 행복해 보인다는 말을 더 자주 들었다. 고등학교 입학 이후 처음 들어보는 말이었다.

사실 나는 행복하다는 감정을 잃어버린 지 오래됐다. 중학생 때까지만 해도 스트레스 하나 없는 어린 양이었지만 고등학생이 되면서 공부라는 울타리에 갇혀 웃음을 잃었다. 그런 내 곁에 남아 있는 유일한 사람이 바로 키레다. 그런데 한 사람, 사쿠라가 더 생긴 것이다. 그녀를 만난 후로 삶에 활력이 생겼고 나를 위해서가 아닌 누군가를 위해 서툴지만 나 자신을 가꾸기 시작했다.

늘 그렇듯 쉬는 시간은 마을 장터처럼 어수선하다. 전날 일어
난 사회적 사건에 대해 비교적 진지한 토론을 하는 친구들, 오
늘 끝나고 뭐 할지, 급식은 뭐가 나오는지 등등 여러 이야기가
쉬는 시간마다 들린다. 그리고 그 시장통에서도 온전히 자기가
해야 할 일에 집중하는 친구도 있다. 귀마개 꽂고 공부하는 친
구. 그리고 어떤 단어를 사용할지, 물음표를 하나만 쓸지 두 개
를 쓸지, 이모티콘은 어느 것을 보낼지 수없이 문자를 썼다 지
웠다 반복하는 사람, 바로 내가 있다.

남들이 보기엔 평범한 문장이겠지만, 나에게는 그 짧은 문장
속에도 오랜 고민과 설렘의 감정이 들어가 있다.

너는 쉬는 시간에 뭐 해??
저는 주로 산책해요! 오늘 산책하기 좋은 날씨 같아요. 그죠?

텃밭에 싹이 났대! 혹시 봤어?
어디에요? 저 데리고 가주세요!

중앙 문에 있는 팬지꽃 알아?

그 꽃 혹시 침팬지 닮았나요? 히히.

오늘 매점에 새로운 빵이 들어왔대 ^~^

그 빵 먹고 빵빵해져야겠어요 ^-^

사쿠라의 독특한 대답이 항상 날 웃게 했다. 편하게 대해주는 그녀 덕분에 우리는 빠르게 친해질 수 있었다. 우리는 주로 점심시간에 만났지만 가끔 쉬는 시간에도 만났다.

"사쿠라, 벌써 밥 다 먹었어?"

밥을 먼저 다 먹고 급식실 앞에서 기다리던 내게 사쿠라가 왔다.

"매점에 새로운 빵이 들어왔다는 문자 보고 쉬는 시간에 바로 가서 사 먹었어요. 그랬더니 배불러서 밥도 못 먹었어요."

사쿠라는 강아지가 칭찬을 바라는 것처럼 귀여운 눈웃음을 하고는 나를 올려다봤다. 너무 귀엽다…. 나도 모르게 녹아버린 나는 미소를 지으며 그녀의 머리를 쓰다듬었다. 그러자 사쿠라는 놀라 두 눈이 동그래졌다.

"사람도 많은데 선생님한테 들키면 벌점 받아요!"

"아, 맞다. 우리 학교 연애 금지지…."

"남들이 보면 저희 연애하는 것처럼 보일까요?"

"조금은?"

"좀 부끄럽네요…."

사쿠라가 웃으며 주머니에서 무언가 꺼내 주먹을 쥐었다. 그리고 다른 손으로 내 손을 잡아 올렸다. 잠깐 닿은 그녀의 손은 매끄럽고 따뜻했다. 그리고 아담했다.

"선물."

사쿠라가 여린 손을 폈다.

"이거 무슨 젤린지 알아요?"

"내가 저번에 준 젤리 아니야?"

"맞아요. 맛있길래 선배 주려고 아까 매점에서 샀어요. 아, 그리고 흰색이 제일 맛있길래 가장 많은 걸로 골랐어요."

"정말? 나도 흰색을 제일 좋아해!"

사쿠라는 흰색을 좋아하는 사람을 처음 본다는 듯이 반가워하며 말했다.

"우와. 흰색 좋아하는 사람 처음 봐요. 다른 사람은 샴푸 맛이라고 싫어하던데."

"맞아. 내 친구들도 비누로 만들었다면서 안 먹고 그랬어. 근데 나는 먹으면 먹을수록 중독되는 맛이 기분 좋더라고."

나는 신난 마음에 젤리 봉지를 뜯었다.

"하나 먹을래?"

"네!"

"너니까 특별히 흰색 줄게."

우리는 젤리를 하나씩 나눠 먹으며 산뜻한 바람이 부는 운동장을 걸었다.

"이 나무가 무슨 나무인지 알아?"

"모르겠어요. 이 나무 급식실 앞에도 있던데, 우리 학교에 참 많은 것 같아요."

"맞아. 거기도 벚꽃으로 가득했어."

"아. 이거 벚꽃 나무예요?"

"응. 혹시 벚꽃 좋아해?"

"네. 하지만 피지 않은 벚꽃 나무는 처음 봐요."

사쿠라는 나뭇가지에 손을 올렸다.

"몇 주일 뒤면 벚꽃 시즌인데, 꽃 피면 엄청 예뻐지겠네요. 바람에 날려 떨어지기 전에 꼭 봐야겠어요."

"나는 가끔 나무에서 벚꽃이 떨어지기를 기다려."

"왜요?"

"벚꽃이 떨어져야 열매가 맺거든. 그 열매도 벚꽃잎만큼 예뻐."

"그러면 이 나무는 벚꽃이 피고 맺기까지 모든 순간이 아름답겠네요. 그래도 벚꽃이 지기 전에 우리 여기 같이 걸어요!"

쉬는 시간에 지나가듯 한 약속이지만 데이트 신청처럼 설렜다.

"그래. 좋아!"

4월 6일. 사쿠라에 대한 확인이 확신으로 바뀐 날로부터 한 달이 지난 날이다.

학교에 있는 꽃들은 서서히 자신의 모습을 되찾고 있었다. 초록색으로 가득했던 화단은 온갖 다양한 색으로 변해갔다. 그리고 어떠한 색보다 부드러운 흰색과 선명한 분홍색 조합의 아름다운 벚꽃도 어느새 만개해 있었다.

여느 때와 마찬가지로 오늘도 사쿠라를 만났다.

"사쿠라, 오늘 점심시간에 뭐 해? 벚꽃이 예쁘게 폈던데 같이 볼래?"

나른한 3교시 쉬는 시간이었다.

"좋아요. 하지만 오늘은 못 봐요."

"왜?"

"점심에 외진 가기로 했어요…."

사쿠라를 자세히 봤다. 평소와는 다르게 안색이 안 좋아 보였다.

"어디 아파?"

"속이 안 좋아서 병원에 가보려고요."

"보건실은 가봤어? 뭐라고 하셔?"

"사실 어젯밤부터 약을 먹었는데 효과가 없어서 병원에 가보래요."

어제부터 아팠다는 그녀의 말에 걱정이 앞섰다.

"같이 가는 사람은 있어?"

"아니요. 보건 선생님 말씀에는 오늘 외진은 저밖에 없대요."

"병원은 어디 있는지 알아? 이 지역 처음 나가 보는 거 아니야?"

"네. 맞아요. 그래도 금방 찾을 수 있을 거예요."

사쿠라는 도시에서 온 신입생이었고 학교 바로 옆에 있는 기숙사에서만 생활하고 있었기에 시골길 사이에 숨어있는 병원을 점심시간 안에 찾기는 어려울 것 같았다.

"밥은 먹고 가?"

"아니요. 속이 안 좋아서…"

"아, 그렇지. 배 아플 땐 혹시 모르니까 안 먹는 게 좋지."

쉬는 시간을 마치는 종이 울렸다. 때마침 좋은 생각이 떠올랐다.

"점심시간에 정문 앞 의자에서 잠깐만 기다려 줘. 그럼 나 먼저 갈게. 좀 이따 봐!"

"네??"

급하게 인사만 하고 무작정 달렸다. 수업 시작을 알리는 종소리는 달리는 나를 막을 순 없었다. 보건실 앞에 도착했다. 거친 호흡을 진정시키기 위해 크게 심호흡을 하고 흩날린 머리를 단정하게, 아니 조금 부스스하게 만졌다.

보건실 문을 열고 조심스럽게 들어갔다. 보건실에는 약간의 코를 찌르는 소독약 냄새가 났다. 문 옆에 있는 신장 측정기를 지나 괜히 정수기 위에 있는 컵을 만지작거렸다. 최대한 자연스럽게 보이기 위해 노력하며 무언가를 작성하고 있는 선생님에게 다가가 인사했다.

"안녕하세요, 선생님."

"카네와구나. 무슨 일이니?"

"저… 좀… 어지러워서요."

"흠, 정말이니?"

"네…."

"한번 이리 와 보렴."

선생님은 체온계를 챙겨서 나의 귀에 꽂았다. 백색소음만 들리던 보건실에 명랑한 기계음만이 울렸다.

'36.5도 정상입니다.'

뜨거운 손수건으로 귀에 찜질이라도 하고 올 것 그랬다.

"어, 이상하네…. 약간 어지러운데…."

선생님은 눈을 가늘게 뜨고 나를 바라보았다. 내가 거짓말할 때 키레가 종종 짓던 표정과 비슷했다.

손을 이마에 대며 최대한 가냘프게 말했다.

"오늘 점심시간에 외진 가봐야 할 것 같아요."

선생님이 웃으면서 손을 자신의 이마에 가져다 댔다. 그리고 다 알고 있다는 듯 아픈 척을 하며 말했다.

"선생님도 머리가 아프네. 교무실에 말씀드리러 가야겠다. 같이 가지 않을래?"

보건 선생님에게 학생들의 꾀병은 흔한 일상이었다. 그래서인지 외부 진료증을 웬만해서는 주지 않기로 유명했다.

"괜찮아진 거 같으면 그만 가봐."

"한 번만 더 재주세요."

"카네와."

보건 선생님이 단호하게 말했다.

이젠 정말 어쩔 수 없다. 마지막 수단, 1%의 확률이라도 믿고 솔직하게 말하는 수밖에.

"선생님, 저 한 번만 외진 보내 주세요. 수업 시간도 아닌 점심 시간에 조용히, 아무한테도 말 안 하고 갔다 올게요."

보건 선생님은 들은 척도 안 했다. 그렇기에 더 큰소리로 솔직하게 말했다.

"사실 제가 좋아하는 애가 병원에 가는데 길도 잘 모르고 걱정된단 말이에요!"

그러자 선생님이 발걸음을 멈추고 뒤돌아 말했다.

"사쿠라 말이니?"

"네…."

보건 선생님은 혼잣말하듯이 작게 말했다.

"사실 사쿠라를 혼자 보내는 게 걱정되기도 했는데…. 점심 시간마다 둘이 운동장을 걷는 걸 보면 친해 보이기도 하고…."

잠시 고민하는 듯하던 선생님이 나에게 여러 가지를 물었다.

"사쿠라와 친하지?"

"네!"

"병원이 어디 있는지도 알고?"

이때다 싶어 자랑처럼 당당하게 말했다.

"저 이 시골에 산 지 10년이 넘었고, 약국도 어디 있는지 알아요. 더 빠르게 가는 길이나 가는 길에 맛있는 닭꼬치 집도 알고요."

"닭꼬치?"

아차 싶었다. 그리고 유연하게 둘러댔다.

"물론 닭꼬치 가게에 가지는 않을 건데, 그냥 선생님 꼭 드셔보시라구요! 거기 진짜 맛집이에요. 하하."

다행히 선생님은 나를 믿는다는 표정을 지으며 말했다.

"병원이 찾기 힘든 곳에 있기도 하고…, 카네와 너라면 믿을 수 있지."

다행히 보건 선생님이 외진증을 쓰기 시작했다.

나는 평소에 꾀병을 부린 적이 단 한 번도 없다. 쿠로 선생님이 말한 것처럼 선생님들 사이에서 이미지가 좋았기에 가능한 것 같기도 했다. 또, 추측건대 보건 선생님도 어렸을 때 누군가를 좋아해 봤을 것이다. 외진증을 써준다는 건 선생님도 내 마음을 완벽히 이해했다는 거니까. 그렇게 나는 보건 선생님이 주신 외부 진료증을 받고 더욱 밝게 인사했다.

"감사합니다. 선생님!"

외진증을 받은 나는 보건 선생님을 위해서 정문 밖으로 나갈 때까지 최대한 아픈 사람인 척 연기했다. 4교시 선생님에겐 '절대의 종이'라 불리는 외부 진료증을 보여줬기에 의심 없이 교실로 들어갈 수 있었다. 창밖에 보이는 저 길을 사쿠라와 둘이 걸을 생각을 하니 가슴이 두근거렸다. 또 그녀를 놀라게 해줄 생각에, 처음으로 학교가 아닌 밖에서 단둘이 있을 생각에 마음이 두둥실 들뜨기도 했다. 그렇게 둘만의 시간이 마음의 준비도 되지 않은 채 찾아왔다.

4교시를 마치는 종이 울렸다. 친구들은 점심을 빨리 먹기 위해 급식실로 향했다. 그리고 나도 서둘러 교실을 나갔다. 저 멀리 잊고 있던 키레가 나를 기다리고 있었다.

"카네와, 3교시 쉬는 시간에 어디 갔었어?"

"보건실. 왜?"

"나 점심시간에 행사 준비해야 해. 오늘은 조금 기다리더라도 빨리 밥 먹으러 가자."

평소에 우리는 줄을 기다리기도 싫어했고 사람들 사이에 껴서 밥을 먹고 싶지도 않았기에 어느 정도 한산해질 때까지 교실에서 기다렸다가 급식실로 향했다. 그러나 오늘은 점심시간에 중요한 일정이 있다. 사쿠라와 외진 나갈 생각에 키레와의 암묵적인 약속을 까마득히 잊고 있었다.

"아, 맞아. 근데 나 오늘은 밥 안 먹고 바로 외진 나가."

키레는 갑작스러운 외진 이야기에 의아해했지만 '절대의 종이' 덕분에 의심하는 눈치는 아니었다.

"외진? 어디 많이 아픈가 보네."

"별거 아니야. 근데 진짜 미안. 너한테 미리 말할 시간이 없었어."

우리는 서로가 변덕스럽고 즉흥적인 성격임을 알고 있다. 거기다 사과를 진심으로 했기에 키레는 아무렇지 않은 표정으로 말했다.

"괜찮아. 잘 갔다 와. 1층까지 같이 내려가자. 그리고 올 때 약국에서 인공 눈물 좀 사다 줘."

"알겠어. 큰 거 한 통 사다 줄게."

점심시간이 되자 날씨는 더 화창해졌고 바람도 솔솔 불어 산책하기 딱 좋았다. 푸른 하늘 위 하얀 구름은 편안함 그 자체였다.

정문에 앉아 있는 사쿠라에게 다가갔다.

"사쿠라, 미안. 오래 기다렸어?"

"아니에요. 근데 왜 기다리라고 했어요?"

"너 병원이 어디에 있는지도 모르잖아. 같이 가자."

사쿠라가 당황하며 말했다.

"외진증 있어요?"

"당당하게 나가면 괜찮을 거야."

"네? 저기 체육 선생님이 감독하고 있어요. 그냥 나가면 혼나기만 할걸요?"

"괜찮아. 얼른 가자. 하지만 당연히 외진증 있다는 듯이 뻔뻔하게 가야 돼."

정문 중앙에 뒷짐 지고 서 있는 체육 선생님이 보였다. 가까이 다가가니 거대한 몸집에 콧수염이 진한 선생님이 우리에게 말을 걸었다.

"어이. 학생 둘. 어딜 가는 건가?"

선생님은 무슨 드라마를 봤는지 말투가 특이했다.

"저희 외진 갑니다. 다녀오겠습니다!"

다시 걸음을 재촉했다. 하지만 선생님은 손을 내밀며 연기라도 하듯이 비장하게 말했다.

"혹시 자네들 빠트린 거 없소? 외진증이라든지….

사쿠라는 당황한 눈으로 나를 바라봤다. 그리고 나에게 귓속말로 말했다.

"선배, 괜찮아요?"

"우리 도망갈까?"

"네? 저도 도망가야 돼요?"

긴장한 사쿠라의 모습은 숙제를 하지 않아 당황한 어린아이 같았다.

"설마 너희 외진증도 없이 나가는 건 아니겠지?"

사쿠라는 눈치만 보며 나의 옆구리를 잡았다. 그리고 나는 주머니에서 당당하게 외진증을 꺼냈다.

"어쩌긴 보여드리면 되지! 하하하!"

사쿠라는 어이없어하는 표정을 지으며 순간 외쳤다.

"야! 죽을…"

우리 셋 사이에는 바람 소리마저 들리지 않는 정적이 맴돌았다. 선생님과 나는 사쿠라를 봤고 그녀는 놀란 눈을 한 채 손으로 입을 틀어막았다. 그런데 저 멀리 담을 넘고 있는 학생들의 소리가 들렸다.

"어… 어!"

선생님은 당황한 얼굴로 학생들을 보며 서둘러 말했다.

"너도 외진증 있지? 카네와랑 조심히 갔다 와. 통과!"

그러고선 황급히 담장 쪽으로 뛰어갔다.

사쿠라도 민망하고 웃긴지 입을 가린 손을 내리며 말했다.

"순간 친구로 착각해서… 죄송해요."

"아니야. 근데 뭐라고 말하려 했던 거야? '죽을'까지 들은 거 같은데."

"아아, 아니에요. 정말 친군 줄 알고…."

"그냥 우리 친구 할까?"

"정말요?"

"응. 그러면 더 편해지지 않을까? 그리고 나 사실 '빠른'이라 실제 나이는 똑같아."

"그래요? 그래도 제가 본 다른 사람들은 아무리 빠른년생이어도 친구는 아니라고 그러던데."

"뭐 학년으론 그럴 수도 있지만, 나이로는 같으니까 상관없어. 그리고 난 초등학생이나 어른들도 서로만 괜찮다면 친구가 될 수 있다고 생각해. 그리고 친구 사이가 좋아. 더 가까워 보이고 편하기도 하고."

"그럼 앞으로 반말해요?"

"언제든지."

"너라고도 해도 돼요?"

"당연하지. 우리 친구잖아."

사쿠라가 숨을 한 번 고르고 조심스럽게 말했다.

"나 배고파. 넌 배 안 고파?"

사쿠라의 첫 반말이 어색하기보단 오히려 편하게 느껴졌다. 나는 사쿠라가 불편해하지 않도록 서둘러 대답했다.

"배고파. 우리 가는 길에 편의점 갈까?"

"좋아! 근데 외진증은 어떻게 받았어? 하나도 안 아파 보이는데?"

"그건 나 잡으면 알려줄게."

"뭐? 같이 가!"

사쿠라와 함께 나무로 가려진 한적한 그늘을 달리고 싶었다. 평소와는 다른 발걸음이었다.

누군가 쳐다보는 느낌이 무서워서 뛰어간 어두운 골목. 체육 시간만큼은 친구라기보단 경쟁자에 가까운 이들 사이에서 이기기 위해 달리던 트랙. 이른 아침 바쁘게 움직이는 수많은 사람들 사이에서 지하철을 놓치지 않기 위해 뛰어다니던 계단. 갑자기 소나기가 내리던 어느 날, 모두 어디론가 서둘러 뛰어갔던 날들과는 확실히 달랐다. 마치 천국이라도 온 듯 여유롭고 편안했다. 그날의 봄 내음은 정말이지 산뜻했다.

인적이 드문 길을 걷다 보니 어느새 도착했다.

"사쿠라, 병원 다 왔어."

"저기가 병원이야?"

사쿠라는 건물의 바닥부터 맨 위까지 훑어봤다.

"생각보다 크다. 이 동네에서 제일 큰 건물 같은데?"

"얼마 전에 새로 생겼거든."

우리를 감싸고 있는 이 따듯한 온기를 그대로 가지고 병원으로 들어갔다. 평일 점심이 막 지난 시간이라 사람이 많지 않았다. 그만큼 분위기는 차분했다.

"카네와, 조금 무서운데?"

"괜찮아. 내가 기다리고 있을게."

사쿠라의 팔을 잡으며 최대한 멋있게 말했다.

"너도 무서운 거 아니야?"

"에이. 나는 무서운 거 몰라. 감기도 안 걸리는 최강의 몸을 가졌는걸."

"든든하네. 우리 접수하러 갈까?"

사쿠라와 나는 접수하러 갔다. 아직 서툴러 보이는 직원이 사쿠라에게 대기표를 뽑아주었다.

"몇 번이야?"

"7번."

"행운의 7번이네. 너 금방 나을 건가 봐."

"그런가? 너랑 떠드니까 점점 괜찮아지고 있어."

"역시 병들은 나를 무서워한다니까."

"카네와가 다 물리치고 있는 거야?"

"당연하지. 나는 아픈 걸 모르는 남자니까!"

진료실 2번 방에서 우리의 번호를 불렀다.

"사쿠라 다녀와. 여기에 있을게."

"응. 금방 다녀올게."

사쿠라가 진료실로 들어갔다.

혼자 의자에 남겨지니 왠지 모르게 쓸쓸했다. 처음으로 둘만 있는 이 시간이 쉽게 오지 않을 것 같은 기분이 들었다. 그러기에 한 걸음 더 욕심내고 싶었다. 사쿠라가 나에게 건네준 대기표 7번. 행운의 숫자를 믿어보기로 했다. 잠시 후 어딘가 속상한 표정을 지으며 사쿠라가 나왔다. 나는 대기표 종이 뒷면에 서둘러 무언가를 적었다.

"사쿠라, 괜찮아? 의사 선생님이 뭐라고 하셔?"

"의사 선생님이 배를 누르셨는데 너무 아팠어."

들어갈 때와는 다르게 사쿠라는 다시 아파 보였다.

"괜찮아?"

사쿠라가 내 앞으로 가까이 다가와 나를 바라봤다.

"너랑 떨어져서 그런가 봐. 떨어지면 안 되겠다."

사쿠라가 먼저 한걸음 다가와 줬다. 그렇기에 더 쉽게 두 걸음 다가갈 수 있었다.

"앞으로 나랑 함께 있으면 평생 안 아플 거야."

"그럼 카네와랑 결혼해야 되겠네?"

그 말을 듣고 서툴게, 조금은 급하게 말했다.

"사쿠라, 우리…"

사쿠라도 분위기에 휩쓸린 것 같았다.

"우리 뭐?"

"그러니까…. 나 너 좋아하는 거 같아."

사쿠라는 옅은 미소를 띠었다.

"같아?"

"아니. 나 너 좋아해."

나는 쭈뼛거리며 사쿠라의 주머니에 대기표 종이를 넣었다. 아픈 와중에도 웃는 사쿠라를 바라보는 게 힘들다. 모든 게 내 바람대로 되진 않겠지만 이 쪽지에 쓴 글만큼은 꼭 이뤄지기를 바랐다. 고맙게도 사쿠라는 한치의 눈동자의 흔들림 없이 나를 바라봐주었다.

한동안 아무 말이 없었다. 그리고 순간 민망한 기분이 들었다. 역시 너무 급했다. 하지만 다시는 없을 것 같은 둘만의 시간이기에 놓칠 수 없었다.

잠시 후 미소를 지은 사쿠라는 내 마음을 알아차리기라도 한 건지 내 머리를 쓰다듬었다.

"좋아. 카네와. 무조건 좋아."

"사귀는 게 좋다고?"

"그래. 그리고 너도 좋아."

"결혼은?"

"너 하는 거 보고?"

"뭐? 안 한다는 거야?"

"너도 나 잡으면 알려줄게."

사쿠라가 먼저 병원을 나갔다. 그리고 난 그 뒤를 따라갔다.

그렇게 우리는 둘만의 영원을 약속했다.

병원에서 나와 학교로 가는 길은 영화처럼 아름다웠다. 길옆에 있는 논에 사는 개구리는 우리가 지나가자 우리의 만남을 축복하듯 환호하며 울어댔고 뜨겁기만 했던 햇볕은 어느새 따스한 조명이 되어 우리가 가는 길을 빛내주었다. 그렇게 서로 모르고 달랐던 두 개의 점은 하나의 점으로 모아졌다.

나는 피어오르는 미소를 참을 수 없었다.

"카네와, 너무 좋아하는 거 아니야?"

"아니야. 날이 좋아서 그래."

"더운 날 그렇게 웃는 거 처음 봐."

사실 더위 따위는 느껴지지 않았다. 오히려 포근하게 느껴졌다.

"사쿠라, 오늘 참 따듯하지 않아?"

"산뜻하네. 바람이 솔솔 불어서 그런가?"

"아쉽다. 벌써 각자 반으로 들어가야 한다는 게."

정문의 오르막길을 오르자 아름답게 피어있는 벚꽃이 보였다.

"카네와, 저기 봐. 아까랑은 다르게 훨씬 예뻐졌어."

한 시간 사이에 벚꽃은 더 풍성해졌다.

"아마 지금이 제일 예쁠 때일 거 같은데?"

"마침 다 수업 중이라 아무도 없어."

나는 사쿠라와 눈을 맞췄다.

"이 풍경을 놔두고 들어가면 나무들이 너무 서운해하겠지?"

사쿠라가 말을 이어받았다.

"당연하지. 가장 예쁠 때 누군가는 지켜봐야지."

"그러면 조금만 더 걸을까?"

"좋아. 사진도 찍어야지."

우리는 각자의 휴대폰에 벚꽃을 담았다. 사쿠라가 찍은 벚꽃은 더욱더 색이 예뻤다. 평소 내가 자주 가던 돌로 만든 조형물과 그 뒤의 벤치, 벚꽃 나무…. 사진 속에는 우리의 아름다운 시선이 담겨 있었다.

"나랑은 다르게 네가 찍은 벚꽃은 왜 이렇게 예쁘지?"

"그야 찍는 사람이 예쁘니까."

반박할 수 없었다.

"사진 보내줄까?"

"응. 휴대폰 배경 화면 해야지."

사쿠라가 나무 옆 큰 돌에 앉으며 주머니를 뒤척였다.

"카네와, 근데 아까 주머니에 뭐 넣은 거야?"

"알고 있었어?"

"그럼. 모르는 척해준 거야."

"왜?"

"그때 네 얼굴이 너무 귀여워서."

순간 부끄러웠다.

"아, 몰라. 근데 그거 나중에 혼자 있을 때 봐. 알겠지."

"지금 보면 안 돼?"

사쿠라 옆에 앉아 다급하게 손을 막았다.

"안 돼. 절대 안 돼! 앞으로 쪽지 이야기 금지."

"그러면 후기도 평생 말해주지 마?"

귀여운 사쿠라에게 장난으로 대답했다.

"몇 년 뒤엔 말해도 돼."

"뭐길래 그래. 아, 너 쓰레기 넣었지."

"아니야. 근데 너 주말엔 뭐 해?"

얼른 대화 주제를 바꿨다.

"나? 보통 가족이랑 보내지?"

"다음 주에도?"

"주말마다? 왜?"

"학교에서는 같이 오래 못 있으니까 아쉬워서."

"그래서?"

"혹시 괜찮다면 다음 주에 영화 보러 갈래?"

"좋아."

사쿠라가 나의 머리를 쓰다듬었다.

"카네와."

"응?"

"너 왜 이렇게 귀여워? 오빠는 말도 안 되고 아기 같아."

"아기라고? 그건 너지."

"너 항상 떨릴 때, 입술 깨무는 거 알아?"

"내가?"

"응. 그게 너무 귀여운 거 같아. 근데 참 신기하다. 우리 친구가 된 지 몇 시간 만에 연인이 됐어."

"그러면 자기라고 불러야 하나?"

사쿠라가 질색했다.

"아니야. 난 이름 불러주는 게 좋아."

"그래, 사.쿠.라."

"아니! 그렇게 말고."

"아. 사쿠라. 이름 불러주는 게 좋은 사쿠라. 알겠어! 사쿠라."

"야!"

우리는 몇 분 더 떠들다 교실로 들어갔다. 살면서 제일 알찬 하루였다.

사쿠라와 가장 오랜 시간 함께 있었지만 헤어질 때 아쉬운 건 똑같았다. 하지만 한 가지는 확실했다. 우리의 사이는 달라졌고 앞으로의 운명도 바뀌기 시작할 것이다.

*

우리는 첫 데이트를 약속했다.

사쿠라와 데이트하기 며칠 전, 조금이라도 도움이 될까 싶어 주변 사람들에게 데이트에 대해 물었다. 그리고 내가 많은 것을 놓치고 있었다는 사실을 깨달았다.

어디에 갈지, 뭘 먹을지와 같은 것도 미처 생각 못했지만 가장 큰 문제는 뭘 입고 나갈지 전혀 생각하지 않았다는 것이었다. 옷이라곤 교복과 추리닝밖에 없던 나는 다른 옷이 필요했다. 그리고 급히 키레를 찾았다.

언제나처럼 쉬는 시간에도 공부하고 있는 키레에게 물었다.

"궁금한 거 있어."

"뭐?"

"나 다음 주에 데이트하러 가."

"근데?"

이제 이 녀석은 내가 여자랑 만나는 게 익숙해진 모양이다. 나는 혼잣말이라도 하는 듯이 어젯밤에 있었던 일을 쉴 틈 없이 말했다.

"내가 인터넷에 '첫 데이트'라고 검색했거든? 근데 무슨 국물

튀긴다고 면 요리 금지, 헥헥 거린다고 매운 음식 금지, 심지어 가스 찬다고 탄산음료도 금지래! 뭘 먹으라는 건지. 그리고 첫 데이트로 좋은 장소로는 영화관이래. 아니면 공원 같은 데 걸으면 좋대. 산책 좋아하는 우리한테는 최곤 거 같아. 아, 그리고 깜짝 놀랄만한 사실을 발견했어. '첫 데이트 때 추리닝 입고 온 남친'이라고 쓰여 있는 글을 봤는데 여자는 첫 데이트라고 나름 꾸몄는데 남자친구가 추리닝 입고 나왔다고 실망했대. 자기만 의미 있는 날로 생각하는 건가 싶었대. 댓글은 더 충격적이야. 남자가 예의가 너무 없다면서 설마 슬리퍼도 신었냐고 묻더라고. 추리닝에 슬리퍼가 내가 제일 좋아하는 일상복인데. 그래서 검색해보니까 그나마 후드티는 나쁘지 않다고 하던데, 나 어떻게 해야 돼?"

키레는 책을 바라보며 간단한 호응만 했다. 그럼에도 보이지 않는 귀가 더 있는 건지 내 말은 다 알아들은 듯 길게 늘어뜨려 놓은 내 말 중 핵심만 정리해 말했다.

"그러니까 옷을 뭐 입어야 하냐는 거지?"

"맞아. 후드티 입을까?"

"후드티도 괜찮은데 그거는 좀 더 추워지거나 다른 날에 입어."

"그러면 뭐 입어?"

"집에 옷 뭐 있어?"

"추리닝?"

"니트나 가디건이나 셔츠도 없어?"

"니트는 뭐야? 가디건은 교복 가디건 있고 셔츠는 교복 와이셔츠?"

키레는 답답한 표정으로 숨을 크게 들이마시고는 어이없다는 듯 웃으며 숨을 크게 내쉬었다.

"그냥 교복 입고 만나자 해라."

"교복? 주말인데 교복 입으면 사람들이 이상하게 볼 거 같은데. 하나만 추천해줘."

"네가 추리닝 말고 다른 거 입는다고 하니 상상이 안 가는데?"

키레는 곰곰이 생각했다.

"오늘 끝나고 뭐 해?"

"학원 갔다가 집 가서 옷 찾아봐야지."

"그러면 오늘은 안 되겠네."

"뭐가?"

"같이 옷 사러 가려고 했는데 학원 가야 되니까. 난 오늘만 시간이 비거든. 너 데이트가 언제라고 했지?"

"이번 주 토요일."

3일도 채 남지 않았다.

"인터넷으로 시키면 늦을 수도 있고 마음에 안 들 수도 있으니까 직접 가서 사야겠는데?"

키레는 정말 꼼꼼했다. 아무 생각 없이 인터넷으로 시켰으면 마음에 들지도 않는 옷을 입고 갔을 수도 있었다.

"그럼 어떻게 하지. 으…. 머리가 너무 아파."

"내일 혼자 가면 되잖아."

"내일도 학원가야 돼."

"미리 좀 알아보지 그랬냐."

우리는 깊은 고민에 빠졌다. 그리고 키레가 먼저 제안했다.

"그러면 어쩔 수 없지. 인터넷으로 최대한 많이 사서 가장 마음에 드는 옷 입어. 마음에 안 드는 옷은 반품하고. 하나라도 걸리길 바랄 수밖에."

"만약 옷이 하나도 제때 도착하지 않으면?"

"하나의 해프닝이지 뭐. 너는 노력했으니까."

종이 울렸다. 나는 찝찝하고 불안한 마음을 안고 교실로 돌아갔다. 자리에 앉으니 거대한 창문 밖으로 나무가 툭툭 노크를 했다. 무슨 할 말이 있는 건지 창문을 살짝 열었더니 시원한 바람이 불어왔다. 바람에 뜨거웠던 머리를 식히니 마음도 차분해졌다. 키레의 마지막 말을 몇 가지 단어 위주로 떠올렸다. 그리고 자기 합리화를 하기 시작했다.

'노력'
'학원'
'하나의 해프닝'

"해프닝?"

추리닝을 입고 가는 게 하나의 해프닝이 아니라 학원을 안 가는 게 하나의 해프닝이 될 수도 있지 않을까? 역시 나는 천재였다!

내가 노력했다고 하지만 사쿠라의 시선으로는 추리닝을 입고 온 나를 노력했다고 볼 수 있을까? 물론 그녀는 추리닝 입은 내 모습도 좋아할 수 있고 어쩌면 그녀가 그렇게 입고 나올 수도 있다. 하지만 나에겐 그 어떤 날보다 중요한 첫 데이트이기에 조금의 찝찝함도 용납할 수 없었다. 그렇게 나는 매일 가는 학원 대신 인생의 단 한 번뿐인 첫 데이트를 선택했다.

학교가 끝나고 키레에게 달려갔다. 키레는 모두가 가방을 싸고 바쁘게 교실 밖을 나가고 있는데도 마지막까지 남아 수업을 정리하고 있었다.

"키레, 오늘 시간 된다고 했지?"

"응. 무슨 일이야?"

키레에게 사실대로 말하면 무조건 학원에 가라고 할 것이 분명했기에 최대한 들키지 않게 거짓말을 했다.

"오늘 학원 선생님이 급한 일 생기셨다고 집 가서 자습하래."

키레가 나를 빤히 쳐다봤다.

"정말?"

"응."

다시 나를 오래 쳐다봤다.

"진짜로?"

키레의 눈을 당당하게 쳐다볼 수 없었다.

"그래. 진짜야…."

키레는 알 수 없는 미소를 지었다.

"그럼 옷 사러 갈 수 있는 거네?"

"그치. 같이 갈 거지?"

키레는 환한 웃음을 보였다.

"그래. 얼른 가자."

처음으로 키레에게 거짓말을 들키지 않았다. 정말 운이 좋은 날이었다.

"키레, 나 오늘 운이 좋은가 봐."

키레가 안도하는 날 보며 수긍하듯이 말했다.

"운? 그래. 너 운 좋네."

그리고 모든 걸 다 알고 있다는 듯이 말했다.

"오늘은 거짓말해도 안 들키겠는걸?"

"어?"

"아니야. 빨리 가자."

키레는 서둘러 계단을 내려갔다. 아리송한 키레의 말에 잠시 멈칫했지만, 옷 사러 갈 생각에 들떠 곧장 뒤를 따라갔다.

"키레, 가서 우선 뭐 먹을래?"

"뭘 먹어. 빨리 갔다 와야 돼."

우리는 열려있는 옷 가게라면 최대한 들어가 구경하며 데이트하기에 최적인 옷을 고르고 골랐다. 열심히 발품을 팔며 돌아다녔는데 신기하게도 학원 끝날 시간에 맞춰 쇼핑을 마무리하고 집에 왔다. 키레는 역시 뭐든 완벽하게 해내는 아이였다.

드디어 첫 데이트 날이 다가왔다.

요즘 날씨는 참 변덕스럽다. 낮엔 은은하게 따듯하지만 밤엔 자비 없이 추워서 마치 두 얼굴을 가진 사람 같다.

해가 뜰 무렵 일찍 일어나 키레와 며칠 전에 고른 셔츠를 입고 머리도 미용실에서 배운 대로 이마가 살짝 보이게 손질했다. 어젯밤 키레의 집에 들러 신발을 빌리고 옷에 향수를 잔뜩 뿌려놨기에 새 옷 냄새는 나지 않았다. 준비를 다 마치고 신발장 거울 앞에 섰다. 그리곤 깜짝 놀랐다. 셔츠와 바지가 너무나 잘 어울렸다! 신발은 말할 것도 없고 머리도 꾸며서인지 이런 말 하긴 그렇지만 잘생겨 보였다. 처음으로 외모에 자신감이 생겼다. 어색할 줄로만 알았던 옷이 자연스럽게 어울리자 행동도 더 당당해졌다. 화창한 날씨가 셔츠 코디를 더욱 빛나게 해줬다. 그렇게 나는 가벼운 발걸음으로 약속 장소로 향했다.

메시지가 하나 왔다.

나는 도착했어. 정류장에서 내려서 쭉 걸으면 작은 잡화점이 있을 거야. 거기 앞에 있을게!

-사쿠라

사쿠라가 알려준 대로 길을 따라 걸었고 얼마 지나지 않아 눈에 띄는 갈색 간판의 잡화점을 발견했다. 그리고 그 앞에 베이지색 원피스를 입고 있는 한 여성이 눈에 들어왔다. 문득 사쿠라의 사복 입은 모습이 궁금해졌다.

'사쿠라는 무슨 옷을 입었을까. 축제 때 입은 옷을 생각하면 예쁘게 잘 입는 것 같던데.'

사쿠라에게 전화를 걸었다. 연결은 되지만 받지는 않았다. 그때 잡화점 앞에 있던 그 여성이 내 쪽을 향해 손을 흔들었다. 내가 가까이 다가갈수록 그녀는 더 크게 인사했다. '설마 나한테 인사하는 걸까?' 생각하며 뒤를 돌아봤지만 나를 제외하고는 그 인사를 받을 사람은 없어 보였다. 내 뒤에는 벤치에 앉아 쉬고 있는 할머니 몇 분과 인도 옆 풍성한 나무 아래에서 대화를 나누는 커플이 전부였다.

그리고 익숙한 목소리가 들렸다.

"카네와. 여기야!"

베이지색 원피스를 입은 여성이 바로 사쿠라였다. 가까이서 보니 몸에 딱 달라붙는 짧은 원피스를 입고 검은색 크로스백을 메고 있었다. 사복을 입은 그녀의 모습은 교복을 입은 모습과는 전혀 달랐다. 어엿한 여성처럼 보였다. 물론 교복을 입은 사쿠라도 예쁘지만 지금의 모습은 알아보지 못할 만큼 우아하며 도도해 보였다.

"사쿠라, 맞아? 사복 입으니까 정말 못 알아볼 뻔했어."

"나는 너 바로 알아봤는데. 셔츠 잘 어울린다."

"아 정말? 너는 완전 다른 사람 같아!"

"별로라는 거야?"

"아니. 예쁘다 못해 너무 아름답잖아! 사람들이 번호 물어보는 거 아니야?"

그리고 그녀의 치마를 봤다.

"근데 너무 야하게 입은 거 아니야? 치마가 너무 짧잖아. 원래 이런 거야? 안 그런 거…"

"어? 신호 바뀌었다. 빨리 와!"

계속되는 물음에 사쿠라는 도망치듯 달렸다.

우리는 사거리를 건너 영화관으로 들어갔다. 주말답게 사람들은 가득했고 가족 단위의 손님들도 많았다. 그렇게 사람들 사이에서 사복을 입고 가까이 붙어 있으니 마치 성인이라도 된 듯 데이트하는 게 실감이 났다. 입장표를 끊고 영화관 위치까지 파악했다. 사쿠라는 내 옆에 딱 달라붙어 다녔다.

"다음엔 너무 짧은 옷 입지 마."

"알겠어. 근데 우리 영화관 입장까지 조금 남았는데 뭐 하지?"

"조금 더 둘러볼까? 사람들은 다 안쪽으로 들어가던데."

우리는 넓은 길로 들어갔고 사람들의 웅성거리는 소리도 커졌다. 그리고 사쿠라가 어린애처럼 해맑게 어딘가로 향했다.

"우와. 저기 엄청 큰 토끼 인형이 있어! 너무 귀엽다."

가족끼리 온 손님들을 타겟으로 유행하는 토끼 애니매이션 홍보가 한창이었다. 이벤트를 하고 있었는데 영화 티켓을 인증하면 인형 뽑기를 시켜준다는 것이었다. 기계 속에는 커다란 토끼랑 똑같이 생긴 작은 토끼들이 여러 가지 색깔로 가득 있었다.

"카네와, 여기 와 봐. 작은 토끼들 너무 귀엽지 않아? 난 특히 저 보라색이 제일 귀여운 거 같아."

"정말 보라색이 제일 귀엽네. 그다음은 파랑."

많은 인형 중 보라색 토끼가 유독 아담해 보였다. 뽑기 기계 옆에 사용 설명서가 세워져 있었다.

"우리가 보는 영화 티켓으론 하나당 두 번씩 총 네 번 할 수 있어."

"좋아. 근데 카네와, 너 인형 뽑기 해봤어?"

"나는 어렸을 때 학원 앞에 뽑기 기계가 있어서 많이 해봤어.

너는?"

"나는 한 번도 안 해봤어."

"그럼 내가 먼저 해볼게. 어떻게 하는지 봐봐."

우리는 티켓을 직원에게 보여주고 네 개의 코인을 얻었다. 나는 보라색 토끼를 먼저 노렸다. 하지만 위에 파란색 토끼가 엎어져 있어서 그것을 먼저 해결해야 했다. 다행히 파란색 토끼 인형을 단 한 번에 뽑았다.

"우와. 카네와, 대단한데? 어떻게 한 번에 뽑았어?"

사쿠라의 칭찬에 기분이 좋아지자 당당하게 인형을 그녀에게 건네면서 말했다.

"별거 아니야. 바로 해볼래? 이제 보라색 토끼를 뽑을 수 있을 거야."

사쿠라가 스틱을 잡았다.

"어디를 조준해야 돼?"

사실 위치에 따라잡는 곳이 다르긴 했지만 이해하기 쉽게 말해주었다.

"중앙 쪽에서 조금 더 오른쪽으로?"

"여기쯤?"

"응. 근데 시간이 부족하니까 조금 서둘러야 할 거야."

사쿠라는 남은 3번의 기회 중 2번을 실패했다. 그녀는 미안했는지 의기소침한 목소리로 내 팔을 살며시 잡으며 말했다.

"카네와. 네가 뽑아주면 안 돼? 하나씩 나눠 갖고 싶은데."

사쿠라의 행동이 귀여웠던 나는 어깨를 펴며 말했다.

"알겠어. 내가 뽑아줄게. 봐봐. 이렇게 인형 중간쯤에 집게를 놓고 확실하게 됐을 때 버튼을 누르면."

보라색 토끼가 집게에 잡혔다. 그리고 빠르게 올라왔고 거친 움직임에도 끝까지 매달려서 마지막 도착점에서 떨어졌다. 옆에서 내 팔을 꽉 잡고 있던 사쿠라가 신이 났는지 큰 소리로 외쳤다.

"와! 카네와!"

주변에 있던 사람들이 모두 내 이름을 알게 되었다. 그녀는 민망했는지 작은 목소리로 말했다.

"너무 신기해. 다른 사람들은 하나도 못 뽑던데. 나도 그렇고."

사쿠라는 여전히 자신이 못 뽑은 것이 아쉬운 듯했다.

"사쿠라, 네가 조금씩 인형을 움직여 놓아서 쉽게 뽑을 수 있었던 거야. 마지막에 네가 했어도 뽑았을걸?"

"어? 그런가?"

귀여운 사쿠라의 머리를 살며시 쓰다듬었다. 그녀는 학교에서

와는 다르게 가만히 있었다.

"우리 하나씩 나눠 갖자. 네가 뽑았으니까 먼저 골라."

"나는 파란색."

"너 보라색이 제일 마음에 든다고 하지 않았어?"

"그랬는데, 꺼내서 보니까 파란색이 더 예쁘네. 나한테 더 어울리는 거 같기도 하고."

"그럼 내가 보라색이다! 가방에 걸어야지."

보라색 토끼 인형을 가방에 주섬주섬 걸었다. 우리가 뽑은 토끼 인형은 어느 곳에 걸어도 잘 어울릴 것이다. 그녀의 검은색 가방에도 두말없이 잘 어울렸다.

"곧 입장 시간인데 뭐 사갈까?"

"그래. 너는 보통 뭐 먹어?"

"나는 버터구이? 너는?"

"나는 나쵸. 영화관에선 무조건 나쵸지!"

"나쵸? 영화관에서 한 번도 안 먹어 봤어."

"정말? 나쵸를?"

"응. 솔직히 파는지도 몰랐는데?"

"충격. 한 번 먹어 봐. 맛있어."

"그럼 나쵸 커플 세트 어때?"

"좋아!"

영화 입장을 곧 종료한다는 알림이 울렸고 동시에 나쵸 세트도 나왔다. 그리고 서둘러 들어갔다. 우리의 자리는 맨 뒤쪽이었다. 상영관 안에는 사람들이 많지 않았다. 사쿠라와 나는 사온 나쵸를 광고 중에 하나씩 먹었다. 그렇게 먹다 보니 너무 많이 먹었는지 영화가 시작하기도 전에 얼마 남지 않았다. 우리는 웃으며 서로를 바라봤다.

영화가 시작된 뒤 나는 스크린보다 옆에 있는 사쿠라를 더 많이 봤다. 그녀도 그랬는지 영화를 보는 내내 서로 눈이 자주 마주쳤다. 사쿠라가 나에게 조용히 속삭였다.

"카네와, 나 보러 왔어?"

"너는 나 보러 왔어? 자꾸 옆에서 나만 보니까 나도 너만 본 거야."

"뭐래. 네가 나만 보니까 나도 너만 보는 거지."

"그럼 이제 진짜 영화만 볼까?"

사쿠라는 대답 없이 가로로 고개를 저으며 나에게 나쵸를 먹여줬다. 그 후로도 반씩 쪼갠 나쵸가 사라질 때까지 서로 먹여주며 영화를 봤다.

달콤했던 영화가 끝났다.

"카네와, 영화 내용은 기억나?"

"너는?"

"나는 귀여운 너만 기억나."

우리는 서로 웃기만 했다.

"나 배고파."

"나가서 뭐 먹을까?"

"좋아. 출발!"

여전히 해는 떠 있었지만 반팔만 입으면 약간 서늘하고 겉옷을 걸치면 따듯해지는 그런 날씨였다. 주말이라 그런지 거리에는 사람들이 꽤 있었고 가족보단 우리와 같은 커플들이 많았다. 내 생각에 우리는 그 커플 중 가장 풋풋했다.

점심시간이 훌쩍 지나버린 시간, 점심 장사를 마친 식당들은 거의 다 재정비 시간을 가지는 듯했다. 우리는 열려있는 쌀국수집에서 간단하게 볶음밥을 먹고 카페에 갔다. 카페에선 빵과 음료로 부족한 배를 마저 채웠다. 그리고 사쿠라가 필요하다고 했던 펜을 사러 서점에 잠시 들렀다. 서점 입구에는 각종 학용품을 팔고 있었는데 그것들을 구경하는 그녀의 모습은 성숙해 보이는 외모와는 어울리지 않을 만큼 귀여웠다. 마치 장난감 코너 이곳저곳을 돌아다니는 어린아이 같았다.

"너 지금 되게 초등학생 같아."

"뭐? 초등학생?"

사쿠라는 어려 보이는 게 싫었는지 나를 무섭게 째려봤다. 그런 사쿠라를 보며 나는 말을 급히 돌렸다.

"근데 왜 문구점이 아니라 서점에서 펜을 사?"

"서점 분위기가 좋잖아. 그리고 너는 책 좋아하지 않아?"

"맞아. 근데 내가 너한테 책 좋아한다고 말했었나? 어떻게 알았어?"

"가끔 학교 도서관에서 봤거든."

"그래? 난 너 본 적 없는데?"

"방해될까 봐 일부러 피해 갔지. 카네와, 가서 책 편하게 보고 있어. 다 고르면 내가 찾아갈게!"

나는 베스트 셀러 책들이 꽂혀 있는 곳으로 갔다. 이곳 진열대 앞에는 사람들이 언제나 붐볐다. 한참 동안 관심이 가는 책들을 하나씩 들춰보며 구경했고 그 중엔 꽤 마음에 드는 책도 있었다.

내가 제일 좋아하는 작가의 책은 역시나 사람들이 잘 보이는 곳에 고요하게 진열되어 있었다. 그 작가의 이름으로 다시는 신간이 나오지 못할 테지만, 여전히 그는 서점에서 살아 숨 쉬었다. 어김없이 그의 책을 골라 벽면 서가에 기대어 읽기 시작했다. 역시나 첫 페이지부터 나의 마음은 가라앉았다. 그가 쓴 모든 문장에는 엄청난 고민과 시간이 느껴졌다.

자신의 책을 읽고 무비판적으로 수용하는 것은 글쓴이에 대한 예의가 아니라는 작가의 냉정한 면모와 사랑하는 이에 대한 그리움을 그의 여러 책 속에 물들인 것. 다른 사람들의 평가가 그에게는 중요하지 않았다. 그저 자신의 이야기를 글로 남기는 것. 그것이 얼마나 아름다운가.

인간은 죽으면 말할 수 없다. 하지만 작가는 책으로 후세와 대화를 나눈다. 나도 그 길을 감히 걸어보고 싶다.

얼마의 시간이 지났을까. 어느새 옆에 온 사쿠라가 작게 속삭였다.

"카네와."

"응?"

"지금 몇 신 줄 알아?"

시간이 한참 흘렀다.

"벌써 시간이 이렇게 됐네. 펜은 골랐어?"

"그럼! 진작에 골랐지."

"나 기다린 거야?"

"그치? 너무 몰입해 있길래 차마 말을 못 걸겠더라고. 방해된 건 아니지?"

사쿠라의 배려심 있는 모습에 새삼스럽게 감동했다.

"당연하지. 배려해줘서 고마워, 사쿠라."

"별말씀을. 근데 무슨 책 보고 있었어?"

"고전 문학."

"특이하다. 국어 시간에 나오는 거 아니야?"

"맞아. 너도 나중에 한 번 읽어봐. 아마 쉽게 빠져나오지 못할걸?"

그리곤 조금은 차분하게 덧붙였다.

"나도 언젠가 글을 써보고 싶어."

사쿠라는 처음 들어보는 이야기에 깜짝 놀라며 이것저것 물어봤다.

"정말? 어떤 글? 책도 낼 거야?"

"응. 주제는 아직 정하지 못했어. 그런데 첫 책인 만큼 가장 소중한 이야기로 쓸 거야."

"궁금하다. 언젠가 다 쓰면 나한테 꼭 보여줘야 해. 첫 번째로!"

"알겠어. 그 책 꼭 첫 번째로 보여줄게."

나는 그날을 꿈꾸며 환히 웃어 보였다. 아직 다 읽지 못한 오늘 고른 책은 나중에 사기로 하고 사쿠라의 펜만 몇 개 사서 나갔다.

하늘은 그새 어두워졌다. 가로등에는 불이 들어왔고 상가에 조명도 하나둘 켜졌다. 차들도 라이트를 비추기 시작했다. 낮과는 다르게 쌀쌀해진 날씨에 반팔을 입은 사람들은 보이지 않았다. 나도 팔에 걸치고 다녔던 셔츠를 입었고 사쿠라도 가디건을 걸쳤다.

우리는 자연스럽게 버스정류장 쪽으로 걸어갔다. 추운 밤공기에 사쿠라는 손에 입김을 불며 조금씩 떨고 있었다.

"사쿠라, 춥지 않아? 이제 들어갈까?"

"낮이랑은 다르게 완전 쌀쌀해졌네. 그래도 벌써 들어가고 싶지 않은데…."

사쿠라와 마찬가지로 나도 아쉬웠다. 그렇기에 그녀에게 슬며시 물어봤다.

"우리 산책 좀 하다가 들어갈래?"

"산책? 좋아."

우리는 버스정류장 앞을 지났다. 가득 찬 버스에서 내리고 타는 사람들, 시간이 남았는지 여유롭게 다음 버스를 기다리는 사람들이 보였다. 우리는 정류장 뒤로 뻗어있는 작은 골목길을 걸었다.

"카네와, 저기 놀이터가 있어."

아파트 사이에 놀이터가 있었다.

"그러네. 해적선도 있어. 웬만한 학교보다 더 좋은데?"

사쿠라가 달려갔다. 그리고 놀이터 담장 앞에 멈춰 섰다.

"무슨 일 있어?"

사쿠라는 잠겨있는 자물쇠를 아쉬운 마음에 만지작거리고 있었다. 그리고 그녀가 시무룩하게 말했다.

"잠겨있어."

더 놀고 싶은데 집에 가야 하는 어린애처럼 입을 쭉 내민 그녀가 귀여웠다.

"내가 열어볼게."

그러자 사쿠라가 말했다.

"아니야, 밤에는 위험해서 잠가 놓은 걸 거야. 그냥 좀 더 걸을까?"

"그러면 잠시만."

나는 근처 놀이터를 검색했다. 가까운 곳에 공원 하나가 연관

검색어로 떴다.

"여기 근린공원에 가보는 건 어때?"

사쿠라에게 사진을 보여줬다.

"오. 좋은데? 작은 연못도 있어."

"물고기 잡고 놀아야지. 얼른 가자!"

다시 신이 난 우리는 왔던 길을 되돌아갔다. 가는 길에 우리가 타야 할 버스가 지나갔다. 우리는 쿨하게 "안녕!"이라 말하며 버스에게 손짓했다.

작은 포장마차를 지나고 붐비는 학원가도 지났다. 몇 분을 걸었을까. 근린공원에 도착했다. 공원은 역시나 아파트 속에 있었다.

입구는 오래된 덩굴에 덮여 있었고 문 뒤에는 간단한 운동기구가 있었다. 거기서 몇 발자국 더 걸으면 모래사장과 미끄럼틀, 정글짐이 보이는 나무 벤치가 있었다. 그리고 조금 더 걸으면 나뭇잎이 떨어져 있는 농구장과 식수대가 있었는데 밤공기가 쌀쌀해서인지 사람들은 보이지 않았다.

"사쿠라, 연못에 물이 없어."

"여름에만 물놀이를 하나? 하긴, 지금 하기엔 좀 이르지."

아쉬움을 뒤로하고 우리는 공원 이곳저곳 숨겨진 길을 찾으며 걸었다. 주변은 조용했고 어둑했다. 이웃 주민들의 저녁 시간을 방해하지 않으면서도 길을 구분할 수 있을 정도의 옅은 빛이 전부였다. 그때 사쿠라가 어디론가 달려갔다. 그리곤 나에게 손짓했다.

"카네와! 우리 여기서 같이 사진 찍자."

대체로 어두운 가로등 불빛 중 가장 밝게 빛나는 가로등을 발견한 것 같다.

"사진?"

"얼른 와 봐."

어색하게 사쿠라의 옆에 섰다.

"카네와, 셀카 찍은 적 없지?"

"응. 한 번도."

"역시. 너 혼자 있는 사진은 본 적이 없어. 이번에 한번 찍어보자. 남는 건 사진뿐이야."

나는 긴장한 채 사쿠라 옆에 붙었다. 그녀가 떨리는 손으로 카메라를 들었고 나는 렌즈를 바라봤다.

'찰칵'

사쿠라는 사진을 확인하고 웃었다.

"너무 어색하잖아. 더 가까이 붙어봐. 조금 더 웃고."

나는 더 가까이 갔고 한 번 더 렌즈를 바라봤다. 여전히 아쉬운지 사쿠라가 웃긴 말을 꺼냈다. 그리고 그 순간 버튼을 눌렀다.

'찰칵'

"좋아. 이제야 좀 연인 같네. 자연스럽지 않아?"

사쿠라가 사진을 보여줬다. 정말 자연스럽게 웃고 있었다.

"우리 볼 빨개진 거 봐. 너무 귀엽다."

"그러게. 꼭 겨울에 찍은 사진 같아."

"사진 보내 줄까?"

"응. 어디 앉아서 천천히 다시 볼래."

"그래. 잠시만."

가방에 휴대폰을 넣고 있는 사쿠라의 손이 추웠는지 미세하게 떨고 있었다. 나는 그녀의 손을 따뜻하게 해주고 싶었다. 아까는 차마 잡지 못했던 그녀의 작은 손. 이번에는 놓칠 수 없었다. 떨리는 마음으로 조심스럽게 사쿠라의 손을 잡았다. 그녀는 당황한 듯 발걸음을 멈췄다. 하지만 나의 큰 용기를 알아주기라도 한 듯 민망하지 않게 다시 걸음을 옮겼고 내가 서툴게 잡은 손을 비스듬히 움직여 깍지를 끼워주었다. 그리고 자연스럽게 대화를 이끌었다.

"카네와, 우리 어디 앉을까?"

사쿠라의 아담한 손. 조금만 더 잡아보고 싶었다. 우리는 통하기라도 한 듯 공원을 빙빙 돌았다.

"조금만 더 찾아보자."

우리는 서로의 온기를 나누며 공원을 한 바퀴 돌아 처음 들어왔을 때 본 놀이터 앞 나무 벤치에 앉기로 했다. 나뭇가지와 나뭇잎들이 쌓여있는 처마 덕분에 의자는 이끼 하나 없이 깨끗했다.

"여기는 지붕이 있어서 그런지 의자가 깨끗하네."

"그러게. 역시 우리는 보는 눈이 있어. 아, 잠시만. 금방 사진 보내 줄게."

사쿠라는 의자에 앉아 휴대폰을 꺼냈다. 서 있을 때보다 더 짧아진 사쿠라의 치마가 보였다. 나는 아무 말 없이 셔츠를 벗어 다리에 덮어 주었다.

"아니야, 난 괜찮아. 너 반팔이잖아."

셔츠를 돌려주려는 사쿠라의 손길을 마다하고 다시 꼼꼼히 무를을 덮어 주었다.

"나 더워. 너 덮고 있어."

"고마워….'"

사쿠라가 다시 나의 손을 잡으며 말했다.

"넌 손이 왜 이렇게 따듯해?"

"내 마음이 따듯하니까!"

"나 앞으로 겨울에 핫팩 안 가지고 다녀도 되겠는데?"

사쿠라가 웃으며 말했다.

"그럼 나는 여름에 너 손만 잡고 다니면 되겠다."

장난스러운 대화가 끝나고 정적이 일었다. 조용한 공원의 분위기에 사로잡혀 우리도 한층 차분해졌다.

"사쿠라, 오늘 재밌었어."

"나도. 근데 곧 가야 한다는 게 너무 아쉽다."

"그럼 오늘은 집까지 데려다줄까?"

"뭐래."

내가 머쓱하게 앞을 바라보자 불쑥 사쿠라가 내 볼에 입을 맞췄다. 서로 눈이 마주쳤다. 사쿠라에게 들릴 만큼 심장이 크게 요동쳤다. 나도 모르게 그녀의 입술에 입을 맞췄다. 그렇게 우리는 서로의 마음에 한 뼘 더 다가갔다.

처음으로 같이 찍은 사진과 맞잡은 손, 그리고 입맞춤까지. 모든 게 처음이라 생소했지만 마음 한편이 따뜻했다. 아니, 뜨거웠다고 해야 맞을까. 누군가와 손을 맞잡고 발걸음을 맞추는 일. 서로의 온기를 나누며 피어나는 애틋한 마음. 난데없이 찾아오는, 말로 표현할 수 없는 행복한 감정들. 이 모든 게 꿈만 같았다.

집으로 돌아가는 길, 버스에서 사쿠라와 찍은 사진을 다시 봤다. 사진 속 사쿠라는 말 그대로 봄의 절정 같았다. 붉은 두 볼은 밤거리의 차가운 추위가 아닌 봄날의 설렘을 닮았고, 밝은 웃음은 만개한 벚꽃만큼 화사했다.

*

첫 데이트 이후 날씨는 본격적으로 뜨거워졌고 여름꽃도 하나씩 피어났다. 사랑을 찾는 매미의 울음소리가 커지기 시작했고 그만큼 우리도 서로를 향한 마음이 걷잡을 수 없이 커져만 갔다. 우리는 만날 수 있는 모든 시간에 만났다. 점심시간마다 만

나는 건 물론, 쉬는 시간과 방과 후에도 항상 얼굴을 마주했다. 가끔 주말에는 시내로 데이트도 갔다. 그렇기에 사쿠라와 나는 전교생이 아는 커플이 되었다. 우리에게 학교란 데이트 장소였고 많은 사랑을 나눌 수 있는 곳이었다.

오늘은 해도 잠시 데이트를 나간 건지 자리를 비웠다. 대신 구름이 그 자리를 채워 날이 산산했다. 오랜만에 해의 자리를 차지한 구름은 신이 났는지 주체할 수 없는 바람을 만들어 냈다.

"사쿠라, 오늘 바람 엄청 분다."

1교시 쉬는 시간이었다.

"그러게. 어젯밤에는 더 심했어."

"맞아. 꾸꾸를 신발장에서 재울 정도였어."

"꾸꾸?"

휴대폰을 꺼내 사진을 보여줬다.

사진 속 꾸꾸는 엎드려 개껌을 양쪽 발로 잡은 채 입에 물고 있었다.

"귀엽다. 작은 늑대 같아. 종이 뭐야?"

"잡종? 어제처럼 날이 거친 날 초등학교에서 울고 있길래 데려왔어. 새끼여서 가여워 보였거든."

사쿠라가 내 휴대폰을 받아 들고 자세히 봤다.

"베이지색에 은은하게 검은색 털이 나 있네. 꼬리는 완전 늑대 같아. 근데 귀는 조그마하네. 너무 귀엽다."

꾸꾸를 생각하니 미소가 흘러내렸다.

"내가 학교 갈 때마다 내리막길까지 데려다주고 돌아오면 언덕에서 빙빙 돌면서 날 반겨줘. 너무 귀엽지 않아?"

사쿠라는 말하고 있는 나를 뚫어지게 봤다.

"나는 네가 더 귀여워."

지겹도록 들어서인지 이제는 귀엽다는 말에 어느 정도 익숙해졌다. 하지만 남자로서 귀엽다는 말에 기분이 좋아진 걸 절대 들키기 싫었다.

"아니야. 하나도 안 귀여워."

"아니야. 완전 귀여워."

"응. 아니야."

"응. 맞아. 네가 제일 귀여워."

"네가 더 귀엽거든. 휴대폰이나 이리 줘."

"응. 아니야. 네가 세상에서 제일 귀여워."

우리는 서로 인정할 때까지 계속 말장난을 했다. 그렇게 장난을 치다가 사쿠라의 손에서 내 휴대폰이 미끄러져 떨어질 뻔했다. 놀란 그녀가 말했다.

"케이스 없으니까 엄청 미끄럽다. 떨어트릴 뻔했네."

"난 케이스 끼면 너무 무거워서 안 끼고 다녀."

"그래? 그렇게 무겁지도 않아. 다른 것들도 넣고 다닐 수도 있고."

"너는 케이스 끼고 다녀?"

사쿠라가 자신의 휴대폰을 꺼내 보여줬다.

"완전 무거운데?"

"치."

사쿠라는 투명 케이스를 끼고 있었다. 그녀의 휴대폰과 투명 케이스 사이에는 여러 가지 영수증과 마른 꽃이 있었다. 그리고 증명사진이 있었다. 사진 속 사쿠라의 얼굴은 정말 순수했다. 증명사진의 규정 때문인지 꾸밈없는 모습이었고 볼록한 이마가 도드라져 더 청순해 보였다. 그리고 살짝 올라간 입꼬리와 한쪽에만 피어난 수줍은 보조개가 이 사진의 포인트였다.

"왜 이렇게 예쁜 거야."

"들어봤으면 이리 줘."

사쿠라가 냉큼 휴대폰을 가져갔다.

"그 사진… 엄청 청순하고 예쁘다."

"아니야. 화장도 못 하고 완전 어린애 같아."

"아닌데. 내가 본 사진 중에 제일 예뻐."

"뭐래. 넌 가지고 있는 사진 없어?"

"나도 있지, 증명사진. 내 유일한 사진이야."

"그러고 보니 너 나랑 공원에서 처음 사진 찍어봤지."

"응. 맞아."

"너는 왜 사진 안 찍어?"

"음… 풍경을 찍는 건 좋아하는데 내 얼굴은 민망해."

"왜?"

"사진 속 나는 내가 아닌 것 같고 잘생기지도 않았으니까."

"봐봐. 지금 가지고 있어?"

나는 언제 도서관에 갈지 모르기에 항상 학생증을 들고 다녔다. 사쿠라에게 주머니에 있는 학생증을 보여줬다.

"이거랑 똑같은 사진이 교실에 몇 장 있어. 봐봐. 나 같지 않지?"

"아니? 완전 넌데? 그냥 너야. 잘생긴 너."

사쿠라의 말에 왠지 모를 자신감이 생겼다. 그녀는 학생증을 한참 동안 바라봤다.

"반에 사진이 더 있다고?"

"응. 저번에 제출하고 남은 거 몇 개 있어."

"나 하나만 줘."

나도 사쿠라의 사진이 갖고 싶었다.

"그럼 나도 너 사진 줘."

그녀는 고민하는 듯 보였다.

"이거 말고 다른 사진 줄게. 어때? 더 잘 나온 걸로!"

나는 이 사진이 제일 청순해 마음에 들었다. 그래서 고개를 단호하게 좌우로 흔들었다.

"치. 좋아. 다음 쉬는 시간에 교환하자. 대신 꼭 골라서 와. 가지고 있는 것 중에 제일 마음에 드는 걸로!"

그렇게 우리는 각자의 반으로 돌아갔다. 선생님이 오시기 전에 사물함 구석에 있던 사진 다섯 장을 찾았다. 그리고 책상 위에 펼쳤다.

'제일 마음에 드는 거? 뭐가 다른 걸까?' 하나둘 살피고 살폈다. 그리고 찾아냈다. 자세히 보니 조금 구겨진 거, 프린트가 잘못된 거, 발색에 문제가 있는 거, 선풍기 바람에 날아가 땅에 떨어진 거. 그렇게 하나를 제외하곤 모두 어딘가 흠집이 있었다. 다행히 남은 하나만큼은 마음에 들 정도로 깨끗했다.

사쿠라에게 최대한 깨끗한 사진을 주고 싶은 마음에 고른 사진을 아끼고 또 아꼈다. 가장 큰 문제였던 선풍기 바람을 막기 위해 서랍 속 몇 권의 교과서를 땅에 내려놨다. 그렇게 책을 넣어 두었던 서랍 속을 넉넉히 비운 뒤 그 안에 사쿠라에게 줄 사진 한 장을 넣었다.

드디어 종이 울렸다. 사진 하나를 손에 쥐고 지하실로 가는 계단으로 향했다.

사쿠라는 먼저 와있었고 내게 물었다.

"사진 가지고 왔어?"

나는 당당하게 보여주며 말했다.

"여기! 다섯 개 중에 가장 깨끗한 걸로 골라서 왔어."

사쿠라는 마음에 들었는지 가만히 미소를 지었다.

"보고 싶을 때마다 볼 수 있다고 생각하니까 너무 좋다."

사쿠라의 갑작스러운 말에 부끄러움이 밀려왔지만 진심어린 사쿠라의 표정에 공감했다. 나도 그녀를 언제나 볼 수 있다는 생각이 들었다. 조금 과장해 표현해보자면 세상 모든 것이 사라진다 해도, 혹여 전쟁과 같은 큰일이 벌어진다고 해도 이 사진만큼은 꼭 지켜낼 거라고 마음먹었다.

"카네와, 휴대폰 속 사진이랑 종이 사진은 서로 다른 느낌이 드는 거 알아?"

나는 물끄러미 사쿠라의 증명사진을 바라봤다.

"뭐가 다른데?"

"휴대폰 사진은 얼마든지 복사하고 복구할 수 있는데 종이 사진은 그럴 수 없어. 처음에 뽑으면 그걸로 끝이잖아. 그래서 희소성이 있는 거 같아. 그리고 무엇보다 시간이 많이 지난 뒤에 사진을 보면 사진 주인이 그 사진을 얼마나 소중하게 다뤘는지가 보여. 난 그게 제일 좋아. 나 네가 준 사진 정말 소중하게 보관할 거야. 자주 볼 수 있는 곳에 고이 두고서."

사쿠라가 펜을 꺼내며 말했다.

"좋은 생각이 났어. 우리 사진 뒷면에 상대방의 전화번호를 쓰자!"

"왜? 자기 번호도 아니고?"

"내가 만약 네 사진을 잃어버리면 나한테 전화가 오는 거지. 넌 내 거니까. 물론 잃어버릴 리는 없지만. 그리고 하나의 사인 같은 거야. 정품 인증같이."

'넌 내 거니까…' 사쿠라의 말이 머릿속에 맴돌았다.

"그러면 나는 내 사진에 네 번호를 써서 주면 되는 거야?"

"그렇지. 나도 내 사진에 네 번호 써서 줄게."

나는 사쿠라에게 줄 사진을 뒤집어 번호를 적을 채비를 했다. 그런데 문제가 생겼다. 사쿠라의 번호가 기억나지 않았다. 처음 사쿠라에게 전화번호를 받던 날, 휴대폰에 저장하고는 한 번도 다시 보지 않았다. 그래서 그녀의 번호를 외우지 못했다. 물론 말도 안 되는 변명이다. 그녀도 같은 상황이었을 텐데 나와 달리 거침없이 번호를 쓰고 있었다.

최대한 번호를 기억해내려 노력했다. 흐릿하게나마 사쿠라의 번호를 저장하던 순간을 떠올렸다.

'4… 42…' 하지만 생각나지 않았다.

사쿠라는 어느새 다 썼는지 나를 바라봤다.

"다 썼어?"

나는 가만히 고개를 돌려 사쿠라를 봤다.

"아니… 그… 잉크가 안 나오네."

"여기, 이거로 써."

사쿠라는 나를 바라보며 기다렸다. 가만히 멈춰있는 나를 보더니 사쿠라의 표정이 굳어졌다. 분위기가 싸했다.

"너 혹시 내 번호 모르니?"

"아… 사실, 번호를 저장해서 쓰다 보니…"

말이 끝나기 전에 종이 울렸다. 사쿠라를 만난 후 처음으로 내 편이 되어 준 종이었다.

하지만 사쿠라는 움직일 생각 없이 나를 가만히 쳐다봤다. 나는 애써 둘러대며 말했다.

"아니야. 나 당연히 알지. 이제 막 쓰려고 했어. 근데 종 쳤으니까 다음 쉬는 시간에 써서 가지고 올게."

사쿠라의 매서운 눈을 피하며 뒤돌아 걸었다. 그때 그녀가 나를 불러세우며 무섭게 말했다.

"너 꼭 여기 와서 써라!"

서둘러 교실에 온 나는 휴대폰을 열었다. 그리고 사쿠라의 번호를 책상에 적었다.

역시 수업은 눈에 들어오지 않았고 번호를 외우는 데 급급했다. 혼자 낙서하는 것처럼 보였는지 선생님께 지적도 받았지만 멈출 수 없었다. 교과서에는 같은 숫자들로 가득 찼으며 펜도 잉크가 다 닳은 것만 같았다. 손목이 아파질 때쯤 종이 울렸고 다행히도 번호를 다 외운듯했다.

불안한 마음에 계단을 내려가면서도 번호를 중얼거렸다. 사쿠라는 이미 와서 벽에 기대어 기다리고 있었다. 혹시나 번호를 잊어버릴까 봐 그녀 옆에 가자마자 바로 적기 시작했다. 사쿠라는 흐뭇한 웃음을 지어 보였다.

그날 이후 나는 사쿠라의 번호를 평생 기억했다. 절대 잊을 수 없었다. 그렇게 우리는 자신의 사진에 서로의 번호를 써서 교환

했다. 나는 지갑에, 사쿠라는 휴대폰 케이스 안 그녀의 사진 옆 자리에 소중히 간직했다.

＊

 날이 지날수록 무더워지는 여름의 점심시간이었다. 더운 날씨만큼 우리의 사랑도 점점 뜨거워졌다. 운동장 위 잔디는 찌는 듯한 햇빛에 말라가고 있었다.

 "사쿠라, 오늘 유난히 더 뜨겁지 않아?"

 "맞아. 너무 더워. 그늘 밖으로 나가는 순간 우리는 녹고 말거야."

 그녀가 문밖으로 보이는 아지랑이를 보며 말했다.

 "어디 가지? 복도에서 둘이 있는 걸 선생님이 보면 또 뭐라 하실 텐데."

 그녀는 잠시 고민하더니 뭔가 떠오른 듯 표정을 지었다.

 "나 어제 학교에서 처음 본 곳이 있어. 거기 가볼래?"

 "어딘데?"

 "맞혀 봐. 힌트는 지하실이야."

"가끔 학부모회 하는 날 쓰는 시청각실?"

"오. 거기도 나 입학식 날 한 번밖에 못 가봤어. 근데 거기 아니야."

"음…. 남자 화장실? 아니지, 거긴 네가 못 가봤겠구나."

"거기도 아니야. 그리고 나 남자 화장실 들어가 봤어."

"어? 언제?"

"입학할 때 공사해서 그날 하루만 2층 남자 화장실이 여자 화장실이 됐어."

"그럼 남자 화장실이 아니라 여자 화장실에 들어간 거잖아."

"그런가?"

"음. 아닌가?"

우리는 딱히 정답이 없는 이런 대화들에 익숙했다.

"됐고, 정말 모르겠어?"

"응. 우리 학교에 처음 갈 만한 곳이 어디 있지?"

"따라와 봐. 보여줄게."

사쿠라는 나를 수영장 냄새가 나는 지하로 데려갔다. 교문을 지나 올라가지 않고 대리석 같은 돌로 된 넓은 계단을 반 층 내려가려면 바로 앞에 시청각실이 보인다. 그리고 왼쪽에는 방과 후에만 사용하는 것처럼 보이는 음악 동아리실이 있고 오른쪽에는 아무런 표지판 없는 교실 하나가 있다.

"사쿠라, 여기 말하는 거야?"

"응. 거기 맞아."

"여기 한 번도 안 들어가 봤어."

교실은 자물쇠로 굳게 잠겨있었다.

"여기 항상 잠겨있던데, 열쇠는 있어?"

"기다려 봐."

사쿠라는 주머니에서 뭔가를 찾는 듯 뒤척였다. 그리고 자신의 손을 보여줬다.

"내 손이 열쇠야. 보여줄게."

사쿠라가 장난치는 걸까. 하지만 그녀가 문 앞에 서서 뭔가를 매만지는가 싶더니 자물쇠가 고정 홈에서 빠지는 소리가 났다. 사쿠라는 의기양양한 얼굴로 자물쇠를 보여줬다.

"짜잔."

사쿠라가 마법이라도 부린 줄 알았다. 긴팔도 아닌 반팔에다가 주머니에 손을 넣지도 않았는데 열쇠가 어디서 나왔는지 도무지 알 수 없었다.

"어떻게 했어? 마술 동아리실이야?"

사쿠라가 웃으며 나에게 가까이 와보라고 하더니 다시 자물쇠를 걸었다.

"이 방 관리하는 사람이 귀찮은가 봐. 아니면 열쇠를 잃어버렸나? 항상 잠근 척만 하더라."

자물쇠는 잠겨있지 않았지만 멀리서 봤을 땐 정말 잠긴 것처럼 보였다.

"우와. 신기해. 착시현상인가?"

사쿠라가 다시 자물쇠를 빼며 말했다.

"소개할게. 나만의 비밀 공간."

사쿠라는 문을 열었고 나는 뒤따라 들어갔다.

약간의 꿉꿉한 냄새 속, 자줏빛 커튼 사이로 조금씩 빛이 들어왔다. 그래서 그런지 이곳은 밖과는 다르게 벌써 해가 지는 것처럼 보였다.

문 바로 뒤에는 중간중간 건반이 눌리진 않지만 나름 쓸만한 피아노가 있었다. 대부분의 공간에는 오랫동안 쓰지 않아 먼지 쌓인 책상과 의자로 가득했고 복도에서는 우리가 서 있는 이 좁은 공간을 제외하고는 내부가 훤히 보였다. 아무도 볼 수 없는 공간인 이 교실 문 뒤는 이제 우리만의 비밀 공간이 되었다.

설레는 마음으로 문을 닫으며 사쿠라에게 말했다.

"여기 완전 비밀장소네. 이런 곳이 있는지 처음 알았어."

"그렇지? 혹시 선생님들이 떨어지라고 잔소리하면 여기로 도
망치면 돼."

순간 구체적인 방법이 생각났다.

"한 명은 방으로 들어가고 다른 한 명이 밖에서 문 잠근 척하
면 정말 모르겠는데?"

"맞아. 그러면 선생님은 당황하시겠지?"

"아마 이러실 거야."

나는 체육 선생님 흉내를 냈다.

"어. 내가 잘못 봤는가. 미안하오."

우리는 막상 선생님 눈에 띄면 도망치지도 못하고 잔말 없이
떨어질 것이란 걸 알면서도 그 상황을 상상하며 으스댔다. 우
쭐거리는 표정을 짓는 나를 보며 사쿠라가 큰 소리로 웃었다.

"그때 체육 선생님 정말 웃겼는데. 무슨 사극 드라마를 보시는
건지, 마치 연기하는 것 같았어."

나는 사쿠라를 보며 더 크게 웃었다.

"나는 네가 선생님 앞에서 나한테 '죽을래'라고 한 게 더 웃겼
는데."

"정말 죽을래?"

사쿠라가 나에게 헤드락을 걸며 말했다. 사쿠라의 팔에 목이

잡혀 꼼짝할 수 없었다. 켁켁 거리며 사쿠라에게 최대한 간절하게 말했다.

"미안해. 살려줘⋯."

그렇게 우리는 좁은 공간에서 점심시간을 즐겼다.

"어? 무슨 무슨 소리지?"

오래 가지 않아 사람들의 웅성거리는 소리가 들렸다. 우리는 들키지 않기 위해 급하게 서로 붙었다. 그리고 황급히 바깥 창문에서 보이지 않는 사각지대인 문 뒤에 숨었다.

"잠시만."

소리가 문 앞까지 들리자 문 뒤에 붙어있는 사쿠라에게 더 밀착했다. 서로의 얼굴이 영화관에서보다 더 가까워졌고 노을빛이 내리쬐는 좁은 공간 속, 장난으로 거칠어진 숨결이 그대로 느껴졌다.

"미안. 사쿠라, 괜찮아?"

"응⋯. 근데 아직 사람들 안 간 거 같지?"

"그런 거 같아."

"조금 있다가 나가야겠지?"

"⋯아마도?"

"우리 수업 늦겠다. 그치."

"쉿. 조용히 해야 돼. 우리 소리가 들릴지도 몰라."

한 세상에 여러 경계가 있듯, 문 하나를 두고 시끄러운 사람들의 대화 속 우리만의 공기가 흘렀다. 그리고 내 가슴 앞에 달라붙어 나를 올려보는 사쿠라의 모습이 내 두 눈에 가득 찼다. 놀라 동그래진 그녀의 두 눈, 또렷하게 솟아 있는 오뚝한 코, 그리고 구름보다 부드러운 입술이 보였다. 나는 세상에서 가장 아름다운 사쿠라의 모습에 넋이 나갔다.

작은 숨조차 크게 느껴지는 순간, 이 떨리는 기류는 사쿠라의 매끄러운 입술로 나를 끌어당겼다. 비밀 공간, 거친 숨결, 진득한 기류. 두 눈을 모두 감은 채 떨리는 입술만이 서툴게 움직였다.

몇 분이 지났을까. 종소리가 울리고 나서야 서로의 입술이 떨어졌다.

우리는 한참 동안 서로 껴안았다. 아무런 대화도, 눈빛도 나누지 않았지만 꽉 껴안은 손과 서로의 숨결만으로 지금 느끼고 있는 따뜻한 감정을 공유할 수 있었다.

"사쿠라, 이제 나갈까?"

그녀가 나에게 입맞춤을 했다.

'쪽'

사쿠라가 뒤돌아 문고리를 잡았다. 그리고 몸을 돌려 다시 나를 안았다.

"10초 있다가 나와. 사랑해."

사쿠라는 없지만, 그녀의 향기는 내 곁에 남아있다. 10초, 나는 여전히 그녀와 함께 있었다.

서툰 벚꽃이 바람에 흔들린다

변해버린 날씨.

여름 방학을 앞두고도 우리는 될 수 있는 한 모든 시간에 만났다. 그리고 그만큼 가까워졌다. 그사이 내 일상은 사쿠라를 만나기 전과 많이 달라져 있었다.

오늘은 태풍이 예보된 날이다. 곧 비가 쏟아질 듯 찝찝한 날씨, 여름 방학을 앞둔 마지막 쉬는 시간이 찾아왔다.

"카네와, 오늘 방과 후에 뭐 해?"

"나? 너 만나러 가야지."

사쿠라의 물음에 당연한 일과인 듯 말했다.

"힘들지 않아?"

"뭐가?"

"매일 기다리는 거."

"아니, 전혀 안 힘들어."

"넌 왜 내가 학교 끝나고 기숙사로 들어갈 때까지 같이 있어 줘?"

"좋아하니까. 보고 싶으니까?"

"뭐래. 오글거려."

나는 아랑곳하지 않고 사실만을 말했다.

"매일 쉬는 시간마다 조금씩 만나는 게 너무 아쉽잖아. 방과 후

처럼 길게 여유시간 있을 때 많이 봐둬야 해."

"나를?"

"응. 그래야 집 가서 덜 보고 싶을 거 아니야. 안 만나고 집에 가면 잠도 못 자."

"에이. 거짓말하지 마."

사쿠라는 내심 기분 좋은 듯 나를 툭 쳤다.

"진짠데? 오늘도 꼭 보고 가야지. 들어가는 모습까지."

"그래라. 근데 맨날 학교에서 만나니까 지겹지 않아?"

"지겹다기보단 아쉽긴 하지. 근데 네가 기숙사생이라 못 나가는 거니까 어쩔 수 없지. 우리 방학엔 밖에서 자주 만나자!"

"그래, 좋아. 내가 좋은 소식 알려줄까?"

"뭔데?"

"나 오늘은 잠깐 나갔다 올 수 있어."

"정말? 얼마나?"

"한 30분? 내일 동아리 때 쓰는 계란 사러 가야 되거든."

"계란? 요리동아리 아니지 않아?"

"응, 아니지. 근데 과학 동아리에서 계란이 필요하대."

"실험 때 쓰나 보네. 무슨 실험일까?"

"몰라? 아, 갑자기 계란후라이 먹고 싶다."

"뭐? 계란후라이?"

"응. 나한텐 꿈같은 요리야."

기숙사는 화기 사용이 금지되어 있었기 때문에 내가 아침에 자주 먹는 계란후라이 조차 사쿠라에겐 흔치 않은 요리였다.

"우리 오늘 나가는 김에 계란후라이나 먹고 올까?"

"어디서?"

"분식집에서 라면에 올려주던데."

"그건 라면도 먹어야 하잖아. 계란후라이만 먹고 싶은데."

"음. 내가 한번 부탁드려볼까? 나 단골이라 사장님께 부탁하면 들어주실 거야!"

"옆 테이블에서도 계란후라이만 달라고 하면 어쩌지?"

"그러면 오는 길에 분식집에 사람 없으면 부탁드려보자. 어때?"

"그건 좋아."

사쿠라가 해맑게 웃으며 대답했다. 이따 보자는 말로 마무리 인사를 하려 할 때 그녀가 물었다.

"맞다. 그리고 저녁은 먹고 나갈 거야? 아니면 학교 끝나고 바로 갈 거야?"

"음… 어떻게 하지?"

"오늘 밥 뭐야?"

"삼계탕!"

"와. 맛있겠다. 벌써 배고파."

나는 조금 있어 보이는 표정을 지으며 말을 이었다.

"나갔다가 저녁도 못 먹고 올 수도 있으니까 저녁 먹고 만나자. 요즘 잔반 처리 문제로 학교에서 걱정이 많대. 선생님께서도 급식 신청했으면 조금이라도 먹으라고 하기도 했고. 어때?"

"좋아. 근데 카네와, 솔직히 말해 봐. 삼계탕이 먹고 싶어서는 아니고?"

역시 사쿠라는 모든 걸 알고 있었다.

"아니거든."

애써 침을 꼴깍 삼키며 아닌 척을 했다.

"침 넘어가는 소리가 다 들리는데?"

"아닌데? 하나도 안 들려."

쉬는 시간이 끝나고 방과 후 수업이 시작됐다. 선생님이 오기 전까지 창문 밖을 보며 이런저런 생각을 했다.

사쿠라가 밥을 다 먹으려면 시간이 얼마나 걸릴지. 최대한 빨리 먹고 나가서 돌아다니고 싶은데 나가서 시간이 남으면 뭐 할지. 생각이 꼬리에 꼬리를 물던 중 교실에 들어오는 담임 선생님과 눈이 마주쳤다. 그리고 나에게 손짓했다.

조용한 복도에 선생님과 나 둘만이 있었다. 느낌이 불길했다. 그리고 형식적인 학생 상담이 시작되었다.

"카네와, 공부는 잘하고 있니?"

"네. 그냥 그럭저럭 괜찮아요."

선생님이 단도직입적으로 물었다.

"여자친구가 생긴 거지?"

무슨 말을 해야 할지 불안했다. 하지만 이미 학교에 다 소문이 났고 연애 자체가 교칙에 어긋나는 건 아니기에 솔직하게 말했다.

"네….."

"사쿠라 맞니?"

"네."

"4월부터 사귀기 시작했지?"

우리가 사귄 날은 키레밖에 모른다. 그런데 선생님은 모든 걸 알고 있는 듯했다.

"맞아요. 어떻게 아셨어요?"

"그쯤부터 선생님들 사이에서 말이 나왔단다. 수업 시간에 몰래 문자 하는 모습이나 쉬는 시간마다 어딜 급하게 가는 걸 봤어. 무엇보다 성적도 떨어지고 있고….”

지난 시간이 머릿속에 스쳐 지나갔다. 사실이다. 사쿠라를 만
난 뒤로 수업 내용을 정리해야 하는 쉬는 시간에 항상 밖으로
나갔다. 머리가 아프지도 않은데 항상 밖에 나가 바람을 쐬고
쉬는 시간과 점심시간은 물론 방과 후 자습 시간에도 사쿠라를
만나 데이트를 했다.

“물론 헤어지라는 것도 아니고 연애하면 대학에 못 간다는 것
도 아니야. 지난 시간을 돌아보면 드물긴 하지만 분명 연애하면
서도 원하는 대학에 간 학생들도 있긴 했거든. 하지만 선생님은
그냥 걱정돼서 그래. 후회하는 아이들도 많이 봤거든. 그리고
부모님도 학원에서 전화가 온다며 방과 후 자습이 늦게 끝나는
지 가끔 물어보신단다. 걱정이 많으신가 봐.”

“네….”

모든 게 맞는 말이기에 아무 대답도 할 수 없었다.

“다시 한번 말하지만 무조건 헤어지라는 소리는 아니야. 한 번
만 더 생각해 보라는 거야. 그러니까 앞으로 수업 시간만큼은
집중해보렴. 된다면 자습 시간에도.”

뭔지 모를 무거운 기운이 가슴 속에서 올라왔다.

“카네와는 할 말 없니? 궁금한 거라도?”

머리를 숙인 채 고개를 끄덕였다.

"네. 없어요."

"잘할 거라 믿는다."

선생님은 나를 토닥이며 교실 문을 열었다. 그리고 나는 마치 죄인처럼 선생님 뒤를 따라 들어갔다.

머리가 어지러웠다. 그동안 보이지 않던 공부하는 친구들의 모습이 눈에 들어왔다. 수업이 시작하지도 않았고 선생님이 계시지도 않았지만, 어느 하나 떠들지 않고 펜을 휘날리며 교과서에 집중하고 있었다. 내 자리에만 손때 묻지 않은 교과서가 덩그러니 덮여 있었다.

나는 앞서 달려가는 사람들에게 치이지도 않았는데 혼자 뒤로 가기를 원한다며 반대로 달리고 있었다. 옳은 길이 아닌 걸까, 나만 이 길에 있기에 선조차도 필요 없던 걸까. 아무것도 보이지 않는 어둠 속에 홀로 서 있는 기분이 들었다.

선생님이 칠판에 빠르게 써나가는 글씨들을 오랜만에 집중해서 보려니 차마 따라갈 수 없었다. 이해하는 것도 힘들었고 따라 적는 것도 버거웠다. 순식간에 수업이 끝났다.

평소라면 빨리 저녁을 먹고 사쿠라를 기다릴 생각에 뛰어나갔겠지만, 오늘은 의자에 딱 달라붙은 엉덩이가 차마 떨어지지 않았다. 부모님이 떠올랐고 원하는 대학에 꼭 가야만 한다는 현실이 마음의 문을 쿵쾅거리며 두드렸다. 노트를 폈다. 밥 먹을 시간조차 아깝게 느껴졌다. 1학년인 사쿠라가 저녁 먹고 나를 찾아오려면 최소 30분 정도가 걸린다. 20분 안에 최대한 오늘 배운 수업 내용을 정리하고 만나기로 한 중앙계단으로 갈 계획을 세웠다.

　나름 손이 정리하는 법을 기억하는 듯했지만 속도는 눈에 띄게 더뎌졌다. 5분이면 끝났을 양이 10분을 넘어가고 있었다. 뱃속에선 밥 달라며 우는 소리가 들렸다. 차마 깨어 나오지 못하고 있는 머리, 그리고 조금씩 감기는 내 눈. 속상할 정도로 나태한 모습이었다.

　필기를 마치기도 전에 누군가가 들어왔다.

"카네와, 여기 있었네?"

　벌써 온 사쿠라의 모습에 당황해 책을 덮지도 못했다.

"벌써 왔어?"

"응. 너 밥 안 먹었어?"

"갑자기 속이 안 좋아져서. 맛있게 먹었어?

　사쿠라는 교과서를 펴고 펜을 쥐고 있는 내 모습을 또렷하게 봤다.

"아니야. 맛도 없었어. 근데 공부 중이었어?"

사쿠라가 내 앞자리에 뒤돌아 앉았다.

"많이 바쁘겠다."

책을 덮고 가방에 넣으며 말했다.

"아니야. 심심해서 한번 펴 본 거야. 가자."

"마트 혼자 갔다 올까?"

"왜? 난 괜찮아."

사쿠라가 나의 손을 잡았다.

"정말 괜찮아? 아직 다 끝낸 것 같지도 않은데. 나 정말 혼자 가도 돼."

나는 미묘한 웃음을 지었다. 그리곤 재미없는 농담을 던졌다.

"계란 도망가겠다. 얼른 가자."

어딘지 걱정스러운 눈빛을 보내는 사쿠라를 일으켰고, 오히려 씩씩한 표정으로 계단을 성큼성큼 내려갔다. 다만 걸어 내려가는 동안 우리는 아무 말도 하지 않았다. 오늘따라 복도는 유난히 넓었고 계단은 완만했다. 어느새 교문 밖에 다다랐는데 순간 멈칫하고는 서로를 바라봤다.

날씨가 태풍이라도 올 것처럼 음산했다. 하늘은 행복과 자유로 가득 찬 벚꽃잎이 무언가에 결박당해 고통스러워 보이는 듯이 어두운 보랏빛으로 물들어있었다. 기괴할 정도로 무서워 보이면서도 아름답다는 생각이 드는 이 상황이 소름 끼쳤다.

"사쿠라, 오늘 날씨가 참 이상하다. 무슨 일이라도 일어날 것 같아."

사쿠라도 비슷하게 느꼈는지 겁을 먹은 듯 보였다.

"그러게. 저런 색의 하늘은 처음 봐."

"으스스해. 어떻게 하늘이 보라색이지."

"뭔가 찝찝하지 않아? 더 어두워지기 전에 빨리 가자."

분식집을 지나가며 사쿠라는 조심스럽게 말했다.

"너 배 안 고파? 저녁 못 먹었잖아. 분식집에서 뭐라도 먹고 갈까?"

"아니야. 중요한 거부터 먼저 하자."

우리는 조용히 걸어갔다. 그리고 조금 더 멀리 있는 마트가 아닌, 동네 슈퍼로 갔다.

"둘이 들어가면 좁겠다. 밖에서 기다리고 있을게."

사쿠라는 내 눈을 한번 바라보더니 평소와 다르게 조르지 않고 혼자 들어갔다. 혼자 있는 골목길에 거센 바람이 불었다. 마치 내게 시비를 거는 것처럼, 아니면 어딘가 쓰라리게 아프다고 소리치는 것처럼 바람이 내 몸에 거세게 부딪혔다.

시간이 조금 지나자 사쿠라는 누군가와 통화를 마치며 계란 한판을 들고 나왔다. 길은 더욱 어두워졌다.

"카네와, 오늘은 바로 들어가야겠다. 너무 위험해 보여."

사쿠라의 말에 부정하지 않았다. 그리고 사쿠라가 들고 있는 계란을 대신 들며 말했다.

"오늘은 아쉽지만 그래야겠다. 내가 학교까지 데려다줄게."

사쿠라는 급히 고개를 휘저으며 말했다.

"아니야. 그건 너한테 너무 미안해."

"뭐가 미안해. 내가 좋아서 하는 건데."

"생각해 보면 모든 게 나한테만 편하잖아. 너에게도 중요한 시간인데. 맨날 버스도 내가 먼저 타고, 학교까지도 데려다주고. 쉬는 시간에도 항상 만나주고…."

"다 내가 좋아서 하는 거라니까. 미안해할 필요 없어."

사쿠라는 가만히 고개를 숙이고 있었다. 그리고 슬픈 표정으로 나를 바라봤다. 진심으로 미안해하는 표정. 모든 상황을 부정하듯 작은 목소리로 내게 말했다.

"혹시 내가 너를 방해하고 있는 걸까?"

무슨 뜻인지 다 알아들을 수 있었다. 고요한 바람 소리가 우리 사이를 가로질렀다.

"카네와, 아까 공부하고 있는 거 보니까 많은 생각이 들었어. 너에게 중요한 시간을 내가 뺏고 있는 건 아닌지."

나에게 공부는 너무나 중요하다. 사쿠라를 만나기 전까지 나의 목표는 원하는 대학에 진학하는 것이었다. 가족의 끊임없는 지원과 응원. 키레와의 약속. 내 인생의 전부였던 공부. 하지만 사쿠라가 내게 온 후로 우선순위가 모두 바뀌었다. 공부도, 부모님도, 키레도 모두 중요하지만 내게 가장 소중한 건 사쿠라였다.

"나는 네가 제일 중요해."

"그렇게 말하면 내가 뭐가 돼…."

"공부도 잘하고 있고 남는 시간에 너를 만나는 거야. 그러니까 너는…"

사쿠라가 처음으로 내 말을 끊었다.

"만약 네가 나 때문에 대학 입학에 실패하면. 그리고 나를 원망하면… 그땐 나보고 어떡하라고!"

사쿠라가 돌아서서 걸어가는 내 발걸음을 멈추게 했다. 머리가 고장이라도 난 듯 생각도 멈췄다. 나중에 후회할 수도 있다는 걸 나도 분명히 안다. 후회하는 학생들을 많이 봐왔다는 선생님의 조언과 실제 후회하던 선배들의 얼굴이 하나둘 떠올랐다. 정말 사쿠라를 원망하는 날이 올 수도 있을까? 왜 단호하게 부정하지 못하는 걸까. 뭐라도 말하려고 할 때 그녀가 먼저 침묵을 깨트렸다.

"그냥 걱정돼서 물어본 거야⋯. 방과 후 자습할 때마다 나 기다리면서 쪽 시간에 공부하는 것도 그렇고 쉬는 시간이나 주말에도 나랑 지내는 게 미안해서."

"아니, 그건⋯"

사쿠라는 내 말이 끝나기도 전에 내가 들고 있던 자신의 짐을 뺏어 들고는 말했다.

"여기부터 나 혼자 갈게. 너도 얼른 가봐. 오늘도 고마웠어."

사쿠라는 뒤도 돌아보지 않고 어두운 골목길을 걸어갔다. 그녀의 마음이 충분히 이해됐기에 차마 잡을 수 없었다. 그녀가 나였어도 놓아줬을 거다. 아니, 그 어떤 누구라도 그날만큼은 끝까지 데려다주지 못했을 것이다.

밤하늘은 짙은 회색으로 변했다. 집에 돌아오자 요란한 태풍이 불어왔다. 그리곤 오랫동안 장맛비가 내렸다. 낭만으로 가득했던 우리 사랑에도 현실이라는 작은 흠집이 나기 시작했다.

*

요란했던 장마가 끝나고 날씨는 더욱 뜨거워졌다. 우리의 달기만 했던 연애도 녹았다가 다시 굳기를 반복하며 처음과는 다른 모양으로 바뀌어갔다.

우리는 헤어지진 않았지만, 마치 형식상 사귀는 것처럼 정말 필요할 때만 만나기로 약속했다. 방과 후에는 단 한 번도 만나지 않았으며 쉬는 시간에만 스치듯 만났다.

나는 예전처럼 공부에 집중했고 수업도 따라갈 수 있었다. 하지만 확실히 집중의 농도가 옅어졌고 때때로 무의미한 시간이라는 생각도 들었다. 매 순간 사쿠라가 머릿속에 맴돌았다. 만나고 싶은 마음을 참으면서까지 공부를 왜 해야 하는지, 스트레스가 쌓여만 갈 뿐이었다.

우리의 약속은 8월의 무더운 여름 방학까지 이어졌다. 책상 옆에서는 시끄럽게 울어대는 매미와 비 오는 날 창문에 부딪히는 물방울 소리만 들렸다. 그 자연의 소리들은 내 귀를 자극하는 예민한 소음에 불과했다.

스트레스가 극도로 쌓인 나는 가족과도 소원하게 지냈다. 가족들은 내가 공부하는 것을 당연하게 생각했다. 때론 강요하는 것처럼 느껴지기도 했다. 물론 나를 위한 마음이란 걸 알지만 홀로 고립되는 느낌이 자주 들었다. 그러면서도 공부를 멈출 수는 없었다. 어렸을 때부터 공부가 세상의 전부라고 생각하며, 그 생각이 당연하다고 여기며 살아와서일까. 언제부터 그런 생각을 하게 된 걸까.

한번은 이런 영화를 봤다. 어린아이들이 부모의 강요에 아무런 저항 없이 요구된 행동을 따른다. 옳고 그름을 판단하는 자아는 없다. 그저 실행만 한다. 그렇게 소중한 하루를 흘려보낸다. 이질감이 들지 않았다. 전혀 충격적이지 않았다. 돌이켜보니 나의 과거가 그랬다. 특히 공부가 그랬다. 남들이 다 하니까. 어른들이 공부해야 성공할 수 있다고 시키니까. 어느새 그게 내 삶의 목표이자 답이 되었다.

사실, 이제는 그 이유조차 모르겠다. 키레와 한 약속 또한 정말 내가 원했던 것일까. 그때의 비장한 나는 누구였을까. 공부가 세상의 전부인 줄 알았고 지금 공부를 멈춘다면 인생이 멈춰 버릴 것 같은 이 불안감. 나는 도대체 무엇을 위해 하는 것일까. 물론 아버지에게 내 진심을 전해본 적도 있다. 아이처럼 울며 감정을 토로하기도 했다.

"아빠, 잠에 쉽게 들지 못해요. 누우면 잡생각이 매일 저를 괴롭혀요. 지금 이 일상이 제게는 너무 버거워요."

그때 아버지가 대답했다.

"그럼 술 한잔 마셔봐."

알콜에 지배당해 매일 과격해지는 모습을 보고 자란 것도 모자라 나에게 직접 술을 권하는 말을 꺼낸다니. 그 후 아버지와의 유대감은 사라졌다. 그렇게 그와 멀어지고 키레에게 의지했다. 하지만 수험생인 키레에게 모든 감정을 맡길 수는 없었다. 혼자가 되어버린 나, 너무 멀리온 것 같은 느낌이 들었다. 그 후로 매일, 나는 집을 잃은 아이처럼 불안감 속에 하루하루를 살아갔다. 몇 주 사이에 내 삶은 뜨거운 지옥 앞에 도착해 있었다. 행복으로 가는 문은 굳게 닫혔고 내 진심을 볼 수 있는 마음의 눈은 캄캄한 어둠에 가려졌다.

모든 게 무의미한 하루를 얼마나 더 버틸 수 있을까. 아니, 앞으로 더 버티기 싫어졌다. 당장에라도 사쿠라에게 달려가고 싶었다. 마음 한편에 슬금슬금 공부가 아닌 다른 것이 채워졌다.

나는 행복하게 살고 싶다. 사쿠라와 함께 있는 순간들, 놓치고 싶지 않았다. 살기 위해 몸부림을 쳤다. 하지만 그날 밤, 부모님과 대화하며 작은 희망마저 산산조각이 나고야 말았다.

비 내리는 늦은 밤이었다. 식사 중에 어머니가 내게 물었다.

"공부는 어떠니?"

목구멍이 턱 막혔다.

"잘하고 있어요."

"학교에서도 다시 마음을 잡은 것 같다고 말하더구나."

사쿠라와 만날 시간에 교실에 앉아 있었으니 멍 때려도 그렇게 보였을 것이다.

"그런데 무슨 일 있니? 표정이 안 좋아 보이네."

"아니요. 아무 일도 없어요."

얼굴도 마주치기 싫은 마음에 고개를 숙이며 밥만 퍼먹었다.

"학원은 다닐 만하니?"

다니던 학원이 그새 하나 더 늘었다. 방학이니 부족한 부분을 보충해야 한다는 이유였다. 여느 때와 같이 부모님은 나에게 공부에 대한 이야기만 늘어놓았다.

"더 필요한 학원 있니?"

숨이 턱 막혔다. 더 필요한 학원이라니. 마치 고문을 당하는 듯 마음이 저릿했다.

"언제든지 말하렴. 너를 위한 공부니까."

'나를 위한 공부?' 도저히 이해할 수 없었다.

"저를 위한 공부요?"

"그래. 행복하기 위해선 꼭 해야지." 이 말에 더 이상 참을 수 없었다.

"저 공부하기 싫어요."

부모님은 당황한 듯 보였다.

"뭐라고?"

"공부하기 싫다고요!"

어머니가 당황함을 감추며 차분하게 말했다.

"이번에 새로 다닌 학원이 마음에 안 드니?"

"아니요. 공부하는 게요, 너무 벅차요. 전혀 행복하지 않다고요. 모든 걸 빼앗아 가는 공부를 왜 해야 하죠?"

옆에 있던 아버지가 크게 한숨을 내쉬었다. 평소 아버지는 차가울 정도로 현실적이고 냉정한 사람이다. 자신에게 도움이 된다면 어떻게든 이용하고 쓸모가 없다면 무엇이든 버리는 사람. 그래서 우리 집이 잘살게 되었는지도 모른다. 그의 옆에는 항상 초록 병이 있었다. 그는 어제와 마찬가지로 오늘도 투명색 액체에 지배당한 듯했다. 그리고 내가 차마 방으로 피신하기 전에 그의 공격이 시작되었다.

"공부하지 마라."

아버지에게서 의외의 대답이 나왔다. 하지만 착각이었다. 곧바로 당연한 그의 모습이 나왔다.

"부모 도움 없이 혼자 살아갈 능력이 있다면."

말문이 막혔다. 숨도 고르기 전에 그의 쉴 틈 없는 공격이 이어서 들어왔다.

"졸업 후의 모습을 생각해 봤니? 지금 2년도 안 되는 시간을 버티면 앞으로의 인생이 달라져 있을 텐데, 그 2년을 못 버티니? 게다가 벌써 2년 중 3분의 1은 이미 지났어."

옆에서 어머니가 아버지에게 손짓하며 말렸다. 하지만 아버지는 계속 말을 이어갔다.

"네 주위 친구들은 놀고 있니? 누구보다 열심히 공부하고 있을 거야. 지금 이 순간에도."

그리고 마지막 최후의 공격에 나는 고개를 떨굴 수밖에 없었다.

"지금 공부 안 하면 뭘 할 거니. 할 거는 있니? 남들보다 특별히 잘하는 건 있고? 없잖아. 그리고 행복? 네가 지금 행복을 찾을 때야? 쓸데없는 소리 하지 말고 넌 하던 공부나 해."

나의 자존감은 무너져내렸다. 음식을 다 먹지도 못하고 시간에 쫓기듯이 방에 들어갔다. 마음에 상처가 났다. 가족에게 내 행복은 안중에도 없는 것 같았다. 오직 좋은 대학, 성공만이 내 존재를 대변해준다는 생각에 가슴이 답답했다. 그날 이후 나의 방은 밤에도 항상 불이 켜져 있었고 책상은 늘 젖어있었다.

나는 사랑과 멀어졌다. 가족과도 멀어졌다. 나는 기쁨을 잃었다. 감정도 잃었다. 나는 나를 놓쳤다. 삶도 놓쳤다. 결국 나는 미지의 공간으로 떨어졌다. 그 어떤 문이라도 잡아야 했다. 가없게도 가장 잡기 쉬운 절망의 문을 두 손으로 잡으며 굴복했다. 이곳은 내일이 기대되지 않는다. 의미 없는 매일에 나를 그만 놓아주고 싶다. 하지만 그럴 용기조차 생겨나지 않는 나의 무너진 자존감에 아무런 감정 없이 생만 유지하는 비극적인 삶을 한동안 보내야 했다.

사쿠라를 처음 만난 지 어느덧 2년이 되었다. 그녀와 만나는 걸 줄이기 시작한 여름, 시간이 흘러 다음 해의 여름을 지나 겨울을 맞이하게 되었고 어느덧 나는 대입을 앞두고 있었다.

우리의 데이트는 많이 달라졌다. 다행히 내가 가는 독서실과 사쿠라의 집이 가까웠기에 주말에라도 점심을 같이 먹으며 시간을 보냈다. 그게 데이트의 전부였다. 우리는 아쉬움이 생기기 전에 무조건 점심만 먹고 헤어지기로 약속했다. 하지만 그 다짐은 찬 바람에 떨어지는 낙엽처럼 흔들리곤 했다.

점심을 먹고 같은 방향까지 걸어가는 길, 사쿠라가 조심히 물었다.

"카네와, 요즘 안 좋은 일 있어?"

"아니. 왜?"

"웃는 걸 잘 보지 못하는 거 같아서."

"요즘 추워져서 그런가 봐. 괜찮아. 별일 없어."

"그래…. 오늘도 독서실 가?"

"오늘은 안 가."

"정말? 왜?"

"독서실 공사가 있대."

"그러면 어떡해? 집 가는 거야?"

나는 집에 있는 시간을 줄이고 싶었다. 그렇기에 주말마다 조금 멀더라도 독서실에 다녔다.

"근처에 있는 도서관 가려고. 너는 이제 뭐 해?"

사쿠라는 무언가 생각하는 듯 보였다.

"나? 고민 중이야."

"무슨 고민?"

그녀가 갑자기 주제를 바꿨다.

"공부는 잘 돼가?"

"그냥 그럭저럭."

"뭐? 그럭저럭? 잘 안된다는 거야? 그럼 안 돼! 잘돼야만 해…."

그 순간 사쿠라는 무척 억울한 표정을 지었다.

"아니야. 잘 되고 있어. 성적도 많이 올랐어."

잠깐의 정적이 흘렀다.

"도서관에서 공부는 해봤어?"

"아니. 처음 가봐. 자습실도 있다고 하던데."

"난 가봤는데."

"정말?"

"그럼. 우리 집에서 가까워."

"도서관 넓어?"

"음…. 공부하는 곳이 우리 교실의 두 배 정도 될 거야. 좀 더 되려나?"

"오. 충분하네."

"그치. 우리 둘이 같이 가도 서로 있는 줄도 모를걸?"

사쿠라의 말에 우리는 둘 다 멈칫했다. 그리고 그녀가 어색하게 웃었다.

"같이 가겠다는 거는 아니고. 말이 그렇다는 거야…"

아쉬움이 가득 찬 사쿠라의 옅은 웃음을 봤다.

"같이 갈래?"

그녀는 놀라 뒤돌아봤다.

"정말?"

"응. 사실 공사 안내 문구도 못 봐서 책도 못 들고 나왔거든. 가방에 있는 단어 책이 끝이야."

"그러면 집에 가면 되잖아. 나 때문에 도서관 가는 거 아니지?"

"아니야. 집에는 가기 싫어서 오늘은 도서관에서 단어라도 외우려고 그랬어."

"집에는 왜 가기 싫어?"

"주말에는 부모님이 계시거든."

"우리 부모님은 주말마다 집에 안 계시는데."

"그러면 너 혼자 있어?"

"응. 혼자 자면 무서워서 친구들 부르거나 친구네 집에 가든지 해."

"그래서 항상 주말에 전화할 때마다 옆에 친구가 있었구나."

"맞아. 근데 부모님이 집에 계시는데 왜 안 가? 혹시 다퉜어?"

그날 이후로 부모님과의 사이가 급격히 멀어졌지만 사쿠라에게는 숨기고 싶었다.

"아니야. 내가 있으면 부모님이 편히 쉬지도 못하니까 주말에는 밖에서 공부해야지."

사쿠라가 내 머리를 쓰다듬으며 말했다.

"난 또. 착각했네. 역시 착한 카네와."

예상치 못한 사쿠라의 칭찬에 급히 말을 돌렸다.

"도서관 갈 거야?"

"방해되지 않을까?"

나는 약간 고민했다. 하지만 우울해 보인다는 말에 오늘만큼은 사쿠라와 함께 있고 싶었다.

"그러면 따로 앉는 거 어때? 쉬는 시간에만 같이 바람 쐬고."

"그건 괜찮을 거 같은데?"

"그럼 가는 거지?"

"응! 재밌겠다."

"재밌겠다?"

사쿠라는 황급히 변명이라도 하는 듯 말을 이었다.

"아니, 놀 생각이 아니라 읽을 책이!"

당황한 사쿠라는 언제나 귀엽다.

"그러면 사쿠라, 너네 집에 잠깐 들러서 너도 공부할 책 가지고 갈까?"

"아니야. 날도 추운데 바로 가자. 공부할 때 컨디션 관리가 그렇게 중요하대! 그리고 난 아직 2학년이라 하루 정도는 괜찮아."

"그래? 그런데 너 책 좋아해? 서점가서 장난감만 보던데?"

사쿠라는 어색했지만 애써 당당하게 대답했다.

"당연하지! 장난감은 잊고 나만 따라 오라구."

우리는 오랜만에 데이트를 하듯 같은 버스를 타고 어딘가로 향했다.

날씨가 추워서였을까. 우리는 꼭 붙어 앉아 손을 맞잡았다. 이렇게라도 함께하는 순간이 나에겐 참 소중했다.

"카네와, 이제 내려야 돼."

"벌써? 되게 금방이다."

"도서관 앞까지 가는 버스는 없거든."

"오늘 완전 여행 가이드네."

"오늘은 나한테 다 맡기고 편하게 따라 오라구."

버스에서 내렸지만 도서관은 보이지 않았다.

"여기서부터 조금 걸어야 돼."

우리는 언덕 위에 있는 도서관에 가기 위해 오르막길을 올랐다. 도서관은 생각보다 높은 곳에 있었다.

"사쿠라, 여기 오르막길 엄청 가파르다."

"가파른 만큼 길이는 짧아. 내려올 때 엄청 재밌겠지?"

오르막길이 나오니 얼마 전 읽었던 책이 생각났다.

"그거 알아? 인생은 오르막길이랑 비슷하대."

"왜? 힘든 거 때문에?"

"올라갈 때는 한발, 한발 정말 힘들게 정성을 쌓아야 하잖아. 하지만 내리막길은 한 번 무너지면 자기 의지와 상관없이 끝까지 멈출 수가 없어. 그래서 많은 사람들이 처음 무너지면 다시 오르기를 포기한대."

사쿠라가 또렷하게 말했다.

"나는 아니야."

"그러면?"

"다시 시작하면 되지! 이미 한 번 해본 거 더 쉽지 않을까?"

사쿠라는 정말 긍정적이다. 나와는 다르게 모든 아픔도 극복할 수 있어 보인다.

"그래? 나랑은 완전 다르다."

"너는 어떤데?"

"나는 뭔가 높은 곳에서 굴러떨어지면 여기저기 상처가 많을 것 같아. 육체적으로나 정신적으로나. 그래서 다시 오르기 무서울 거 같아."

"네 말 들어보면 그럴 거 같기도 하고…."

사쿠라가 나와 잡은 손을 앞뒤로 크게 흔들며 말했다.

"걱정하지 마. 안 넘어지면 되지. 넘어지더라도 내가 잡아줄게."

고사리 같은 손으로 나를 잡아준다니 귀여웠다. 하지만 사쿠라의 눈은 진심이었다. 그녀의 확신에 찬 얼굴을 보고 있으면 왠지 모르게 안심이 되었다.

"완전 믿음직스러운데?"

"보기보다 완전 성숙하다구."

한참을 걷고 나서야 도서관이 보이기 시작했다.

"카네와, 오늘 언제까지 있을 거야?"

"도서관이 9시에 문 닫는다고 했나."

"도서관은 9시까지고 자습실은 10시까지야."

"그러면 나는 10시쯤?"

"그럼 나도 10시."

"10시까지 할 거 있어?"

"책 읽을 거야."

"책 반납은? 우리 그냥 9시에 갈까?"

"아니야. 10시까지 공부해. 9시에 반납하면 돼."

"1시간 동안은 뭐하게?"

"음… 그때의 내가 뭐라도 하겠지? 궁금하다. 뭘 하고 있을지."

"꿈나라에 있는 거 아니야?"

"아니거든. 아마 분위기 있게 명상하고 있지 않을까."

사쿠라는 자주 어린애처럼 보이고 싶지 않아 했다. 귀여운 사쿠라. 이 모습이 더 어린아이 같아 보인다는 사실을 알까.

자습실에는 도서관에 비해 사람이 많이 없었다. 우리는 자리를 정했다.

"책 빌려올래?"

"자리 먼저 맡아놓고 갔다 올게. 너 몇 번에 앉을 거야?"

"나는 116번 앉을래. 너는?"

"…118?"

사쿠라가 나의 눈치를 보며 조심스럽게 말했다. 그리고 다시 말했다.

"장난이야. 나는 93번. 책 빌려서 올게. 바람 쐴 때 말해. 화이팅!"

사쿠라는 1층으로 내려갔다.

내가 앉은 116번은 창가 앞에 있었고 사쿠라가 앉은 93번은

116번 오른쪽 건너편에 있었다. 나는 자습실의 분위기에 맞춰 조심스럽게 행동했다. 자연스럽게 걸음도 신경 썼다. 단어 책과 노트를 폈고 귀마개와 펜도 꺼냈다.

얼마 뒤, 언제 왔는지 자리로 돌아온 사쿠라가 조용하게 책을 읽고 있었다. 덕분에 나도 공부에 더 집중할 수 있었다. 외우는 것에는 자신이 있었기에 시간이 지나는 줄도 모르게 단어를 외워 나갔다.

날이 어두워지고 나서야 기지개를 켜며 일어났다. 그런데 건너편에 있어야 할 사쿠라가 보이지 않았다. 돌아서 옆으로 가니 그제야 93번 자리에 사쿠라가 보였다. 그녀는 엎드려서 팔을 베개 삼아 자고 있었다. 사쿠라의 자는 모습을 처음 봤다. 언제부터 자고 있었을까, 어떤 신나는 꿈을 꾸고 있는지 입가에는 흐뭇한 미소가 보였다. 어린아이가 낮잠이라도 자고 있듯이 눈을 살며시 감고 있었다. 몇 장 넘긴 흔적이 있는 두꺼운 책과 절대 방해하지 않겠다는 듯 다짐하며 꾹 쥔 작은 주먹은 너무나 귀엽고 사랑스러웠다. 또, 고마웠다.

사쿠라의 모습을 남기고 싶어 휴대폰을 꺼냈다. 조심스럽게 사진을 찍었는데 그 소리에 사쿠라가 슬며시 눈을 떴다.

"카네와, 다 끝났어?"

사쿠라가 아직 덜 깬 눈으로 나를 바라봤다.

"잘 잤어?"

"벌써 어두워졌네. 몇 시야?"

"8시. 배고프지?"

"조금."

"나가서 밥 먹고 오자."

"그래. 좋아."

우리는 밖으로 나왔다. 쌀쌀한 날씨에 잠이 확 깼다.

사쿠라가 기지개를 켜며 말했다.

"역시 밤은 춥다."

"감기 걸리겠어. 얼른 식당으로 가자."

사쿠라가 하품하며 말했다.

"근데 여기 식당 없어. 가려면 버스 타야 돼."

"도서관 근처에 식당 하나 없어?"

"아직 개발 중이라 편의점밖에 없을 거야."

큰 도서관에 비해 주변은 시골처럼 어두웠다. 조금 내려가면
보이는 편의점과 버스 정류장에서 새어 나오는 빛이 전부였다.

"그렇네. 밤에 보니까 완전 시골 같다. 갈 곳이라곤 편의점이
전부야."

"그게 이 도서관에 사람이 없는 이유일까?"

"완전히. 우리 편의점이라도 갈까?"

"좋아."

우리는 겉옷을 놓고 왔기에 몸을 비비며 서둘러 편의점으로 들어갔다.

"따뜻하다. 카네와, 뭐 먹을 거야?"

"도시락 먹을까. 너는?"

"라면?"

"라면도 맛있겠다."

"도시락 한 개랑 라면 한 개 사서 나눠 먹을래? 너무 많이 먹으면 졸리니까. 어때?"

"오. 좋은데? 거기에 탄산음료까지 어때?"

"좋아."

우리는 전자레인지에 도시락을 데우고 라면 물을 채워 밖으로 나갔다.

사쿠라가 먼저 라면을 한입 먹었다.

"역시 추운 곳에서 먹어야 맛있어."

"도시락도 먹어 봐. 이 집 잘한다."

"라면도 이 집이 최고야. 국물이랑 같이 먹어 봐."

우리는 춥지만 소소한 편의점 음식으로 몸을 녹였다. 사쿠라가 음료를 들며 말했다.

"나는 제로 음료수를 볼 때마다 네가 생각나."

우리는 추억을 회상하며 웃었다.

"작년 봄? 내가 번호랑 같이 줬던 거?"

"응. 상상도 못 했거든. 네가 나한테 올 줄은."

"나도 네가 내 마음 받아줄 줄 꿈에도 몰랐어."

"전에는 오늘 같은 날이 일상이었는데. 참 재밌게 놀았어. 쉬는 시간마다 만나는 게 지겹지도 않았나 봐."

사쿠라의 눈이 촉촉해졌다. 그리운 날들을 떠올리는 것처럼 보였다.

"정말 행복했는데…."

나는 아무 말도 이어갈 수 없었다.

사쿠라가 늘 나를 기다려줬던 것처럼 나도 그녀 스스로 마음을 진정시킬 때까지 아무 말 없이 그 옆을 지켰다.

"미안, 갑자기 옛날 생각이 나서. 다 먹었어? 나는 배불러서 그만 먹을래."

사쿠라는 몇 입 먹지도 않고 젓가락을 내려놓았다.

"나도 다 먹었어."

우리는 함께 있던 자리를 마치 머문 적이 없었다는 듯 아무런 흔적도 남지 않게 정리했다.

사쿠라는 어색하지만 밝게 웃으며 말했다.

"늦었지? 이제 들어갈까?"

사쿠라와 이대로는 들어가기 싫었다. 조금이라도, 쉬는 시간의 그때처럼 10분 만이라도 더 같이 있고 싶었다.

"우리 좀 더 소화시키고 갈까? 지금 바로 들어가면 졸릴 것 같아."

사쿠라가 밝게 웃었다.

"좋아. 일단 언덕을 올라가 볼까?"

"그래."

우리는 오르막길을 처음보다 쉽게 올랐다. 그리고 가로등을 따라 천천히 걸었다. 사쿠라는 길거리에 비친 은은한 불빛을 멍하니 바라봤다. 그리고 그새 또 울컥했는지 눈을 문지르며 민망한 듯 웃어 보였다. 지금은 기다리는 것보다 어떤 말이라도 하는 게 그녀를 위한 일이라는 생각이 들었다.

"산책 끝나고 들어가서 뭐 할 거야? 잠도 다 잔 거 같던데?"

"아니야. 잠깐 잠이 든 거야. 책이나 더 읽어야겠다."

"이제 곧 도서관 문 닫을 시간인데?"

"음… 그러면 노트 있어?"

"작기는 한데 있어. 그림 그리게?"

"응. 연습해야 돼."

"그림 연습?"

"응. 맞춰 봐. 왜 연습하는지."

"미술 시험 있어?"

"아니야."

"그러면 친구 생일 선물?"

"아니지롱."

"모르겠어. 알려줘."

"정말?"

"응. 정말로."

"감동받지 마. 알겠지?"

"알았어."

"응? 진짜 안 받을 수 있어?"

"그럼. 난 감동 같은 거 절대 안 받아."

사쿠라가 나를 째려봤다. 그리고 다시 물었다.

"감. 동. 받. 지. 마. 알겠지?"

"알겠어. 무조건 받을게."

사쿠라는 흐뭇한 표정을 지었다.

"너 나중에 작가되고 싶다고 했잖아. 내 남자친구는 언젠가 작가가 될 거니까, 여자친구인 내가 표지 그려주게."

상상도 못 한 대답이었다. 1년도 더 전에 잠시 나눴던 대화를 기억하고 있다니. 사쿠라의 말에 큰 감동을 받았다.

"표지? 너무 좋아."

"근데 고민이야. 어떤 그림을 그릴지. 그런데 만약 무슨 일이 생겨서 내가 그림을 못 그리게 될 수도 있잖아. 그러면 그림 대신 사진으로 선물해 줄게. 그걸로 표지해!"

"그림도 사진도 뭐든지 다 좋아. 정말 기대된다."

"너무 기대하지는 말구. 그런데 책 주제는 생각해 봤어?"

만약 글을 쓰게 된다면 살면서 가장 소중했던 추억을 소재로 하고 싶었다. 그 순간 누구랑 함께했었는지. 생각해 보니 쉽게 주제를 정할 수 있었다.

"첫사랑을 주제로 쓸려고."

"첫사랑?"

"응. 그게 나한테는 제일 소중한 추억이야."

사쿠라는 기대에 가득 찬 표정이었다.

"첫사랑이 누군데?"

"당연히 너지! 나는 너랑 처음 사귄 거야."

"뭐야. 처음 사귀어서 첫사랑인 거야?"

첫사랑이 무엇일까. 처음 사귄 게 첫사랑인가. 사람들은 평생 잊지 못하는 사랑이 첫사랑이라고 하던데.

"아니. 단어 자체의 의미는 처음 사귄 게 첫사랑이 맞지만, 속뜻은 달라. 사쿠라, 너는 첫사랑이 뭐라고 생각해?"

사쿠라가 팔짱을 끼며 고민했다.

"가장 기억에 남는 사랑? 아니야. 그것보단 **가장 순수했던 사랑.**"

"그 말도 되게 멋있다. 순수함은 잃어버리면 다시 찾기 힘드니까. 사실 불가능하지. 기억에만 남을 뿐."

사쿠라가 내 손을 잡았다.

"카네와, 너한테 첫사랑은 진짜 어떤 의미야?"

내 손을 잡고 있는 사쿠라의 여린 손 위로 그녀의 고운 얼굴을 봤다. 행복했던 그녀와의 나날들이 떠올랐다.

처음 느껴 본 감정들. 내 삶의 의미. 나보다 더 아꼈던 사람. 내 인생의 한 줄기 빛이 되어 준 사람. 그 사람이 사쿠라이기에 나만의 첫사랑을 새로 정의할 수 있었다.

"정말 고마운 사람. 그리고 동시에 너무나 미안한 사람. 마지

막으로 나에게 과분하지만 놓치기 싫은 세상에서 제일 소중한 사람."

사쿠라의 얼굴을 바라보았다.

"그리고 그 사람이 바로 너야."

사쿠라는 나에게 소리 없이 안겨 얼굴을 숨겼다. 그리고 훌쩍이는 소리가 들렸다.

"사쿠라, 울어?"

"아니야. 안 울어. 애도 아니고…."

그녀는 고개를 가로저으며 안긴 채로 나를 올려봤다.

"카네와. 우리 둘 다 졸업하면 매일 자유롭게 만날 수 있겠지?"

사쿠라의 얼굴은 조금 슬픈 듯했지만, 그 안에 분명 희망을 품고 있었다. 그녀의 눈에는 영롱한 물방울이 맺혀있었다. 그리고 찰나의 순간, 밤하늘의 외로운 별똥별처럼 눈물이 떨어졌다.

사쿠라의 눈물을 그대로 둘 수 없었다. 나는 그녀의 뜨거운 눈물을 닦아주며 말했다.

"그때는 더 행복할 거야. 차 타고 놀러도 가고 해외여행도 갈 거야."

머리 위로 밤하늘 반짝이는 별을 가로지르며 비행기가 날아가고 있다.

"2년 후에는 우리가 저 비행기를 타고 있을 거야. 어디 가고 싶은 데 있어?"

사쿠라가 글썽이며 사랑스러운 얼굴로 나를 바라봤다.

"나는 너랑만 있으면 어디든 좋아."

나는 그런 그녀를 꽉 껴안았다. 나에겐 너무나 소중한 존재였다.

"2년, 그렇게 길지 않을 거야. 약속해."

그리고 속으로 말했다.

'끝까지 포기하지 말고 조금만 기다려줘. 미안해.'

사쿠라는 울먹이며 나의 두 손을 잡았다.

"카네와, 오늘만큼은 나랑 있어 주면 안 돼?"

"지금 같이 있잖아. 언제나 너와 함께 있을 거야."

"아니, 더 오래. 내가 잠이 들 때까지."

나는 어린아이 같은 사쿠라의 머리를 쓰다듬었다. 그리고 조용히 고개만 끄덕였다.

작년 여름, 어두운 보랏빛 하늘을 마주한 이후 나는 사쿠라를 바래다준 적이 없었다. 하지만 오늘은 사쿠라의 집안까지 들어가게 됐다. 사쿠라의 방은 인위적인 것이 하나도 없었다. 은은

하고 따뜻한 달빛을 닮은 듯했다. 포근한 침대에선 그동안과는 비교도 안 될 정도로 짙은 그녀의 향기가 풍겼다. 우리는 서로를 바라보며 누웠다.

"내 방에 들어온 남자는 네가 처음이야."

"너무 따뜻하다. 그리고 냄새가 너무 좋아."

"변태."

한참 동안 서로의 눈만을 바라봤다. 사쿠라의 사랑스러운 눈빛은 나를 또 설레게 했다.

"카네와, 너는 내가 왜 좋아?"

"예쁘잖아."

"그건 당연한 거고."

"귀여워."

"그게 끝이야?"

"사랑해. 너의 모든 순간을."

사쿠라는 한동안 눈을 감지 않았다. 그리고 그녀가 나지막한 목소리로 말했다.

"키스해줘."

사쿠라의 촉촉한 눈과 입술. 그날 서로의 몸은 그 어느 때보다 가까웠다. 사쿠라의 숨결, 온기 그리고 미세한 떨림까지도 그대로 전해졌다. 단 한 순간도 놓치고 싶지 않았다.

 그날 밤, 우리의 심장에는 보름달만이 아는 서툰 사랑이 깊게
물들었다. 그리고 그 감정을 마음속 한가운데 소중히 간직하기
로 약속했다.

*

 어느덧 11월 중순이다. 멀게만 느껴졌던 시험일이 코앞까지
다가왔다. 쌀쌀한 날씨 때문인지 몸이 더 무겁게만 느껴졌다.

 키레와 동네 식당에서 만났다.

 "카네와, 너 내일 시험 맞지?"

 "응. 너는 시험 잘 봤어?"

 "나쁘지 않았어."

 키레는 얼마 전, 수시 1차 시험을 봤고 결과는 성공적이었다.
그리고 마지막 면접을 앞두고 있었다.

 "통과했나 보네. 축하해."

 "그래도 아직 면접이 남아서 기뻐하긴 일러."

 "시험에서 반이 넘게 떨어졌고 넌 누구보다 자신감이 넘치잖

아. 무조건 합격할 거야."

"네가 더 자신이 넘치네? 고마워, 카네와. 근데 시험장은 어디야?"

"차 타고 한 시간 정도 가면 있는 어느 고등학교."

"몇 시까지 가면 돼?"

"오전 8시까지는 가려고."

"8시까지면 출근하는 사람들 많아서 밀릴 거 같은데 괜찮겠어?"

"오늘 가서 주변에서 하룻밤 묵을 생각이야."

"혼자 가?"

"응. 버스 타고 갈 거야."

키레는 곰곰이 생각했다.

"우리 같이 가서 하루 놀다 올까?"

"너 면접 준비해야 되지 않아?"

"아직 시간도 많이 남았는데 뭘. 가서 너 시험 보는 동안 혼자 생각도 정리할 수 있고. 어때?"

"나야 좋지. 근데 밥 먹고 바로 갈 건데 괜찮아?"

"지금 이대로 가면 되지. 근데 넌 짐이 고작 저거야?"

작은 가방에 필요한 서류와 펜이 전부였다.

"응. 간편한 게 최고야. 오늘 밤엔 공부하지 않고 일찍 자야지."

"아니, 하룻밤 자고 오는데 칫솔은?"

"자는 곳에 있지 않을까?"

"옷은?"

"오늘 입은 거 내일 또 입지 뭐. 너는 괜찮겠어?"

"음. 나도 그냥 오늘 입은 거 또 입어야겠다."

"역시 넌 내 친구구나. 근데 그거 알아? 너였으면 가방도 안 챙겼을 거야."

"그러면 네 가방에 든 건 주머니에 넣고 다니냐?"

"아니, 편의점에서 받은 비닐봉지에."

"그거… 좋은데?"

우리는 서로를 보고 웃음이 터졌다.

"다 먹었지?"

"응. 가자."

키레와 나는 고속버스를 탔지만 생각보다 늦게 숙소에 도착해 바로 잠이 들었다. 일찍 잔 덕분인지 둘 다 새벽에 여유롭게 일어날 수 있었다. 몸에 밴 익숙한 새벽 공기가 오늘따라 더 가볍게 느껴졌다. 시험장으로 가는 시내버스 맨 뒷자리에 키레와 함께 앉았다.

"카네와. 시험 잘 보고 와. 고생한 만큼 잘 됐으면 좋겠다."

"왜 떨리지가 않지?"

"실감이 안 나서 그런가? 나랑 놀러 가는 줄 아는 거 아니야?"

"그런가?"

"시험장에 들어가면 실감 날 거야."

"그렇겠지? 너 어디에 있을 거야?"

"주변 카페에 있을게."

"거기서 면접 준비하게?"

"응. 대충 정리만."

"저녁에 어디 가고 싶은 곳 있어?"

"주변에 뭐가 있는지 알아보고 있을게. 시간은 많으니까."

"그래. 끝나면 연락할게."

"카네와, 긴장하지 말고. 시험 잘 봐."

키레의 차분한 말투가 내 마음을 편안하게 했다. 늘 키레는 함께하는 것만으로도 힘이 되는 존재다.

"고맙다. 먼저 갈게."

키레를 남겨두고 내가 먼저 내렸다. 버스정류장 주변에는 많은 가족들이 있었고 학교 안에는 벌써 사람들로 가득 차 있었다. 시험장 안은 숨이 막힐 듯한 무거운 공기로 가득했다. 한 자리씩 나뉘어 있는 책상에 아무 말 없는 사람들이 앉아 있었다. 낯선 사람들을 보자 시험장에 온 것이 실감이 났다. 얼마 지나지 않아 시험을 알리는 종이 울렸다. 그리곤 순식간에 모든 시험이 끝났다.

별다른 감정 없이 찜질방 같은 답답한 공기 속에서 빠져나왔다. 바깥의 차가운 공기는 새벽 공기와는 다르게 상쾌하지 않았다. 오히려 쓸쓸하게 느껴졌다. 결과가 어떻게 나올지는 모르지만 순식간에 모든 게 끝났다는 생각에, 이날을 위해 그렇게 많은 시간과 고통을 견뎌왔다는 사실에 허망한 마음마저 들었다. 노력이 부족했다고 생각하는 걸까. 아니면 그동안의 시간이 정말 헛되었다고 느끼는 걸까. 가슴 한편에 허무한 마음만 들었다.

학교 밖에는 수많은 사람들이 서 있었다. 수험생의 어머니로 보이는 어떤 아주머니는 불안한 마음에 발을 동동 굴렀다. 결과에 상관없이 그저 응원한다는 표정을 짓고 있는 사람도 보였다. 그리고 그들 사이에 키레가 서 있었다. 주변 카페에서 여유롭게 기다리고 있겠다더니. 키레는 나를 보더니 해맑게 웃으며 손을 크게 흔들었다. 키레의 빨개진 얼굴은 추워 보였다.

"카네와, 주변에 갈 곳 다 알아봤어. 배고프지?"

키레는 시험이 끝난 후의 기분을 충분히 이해하는 듯했다. 시험에 관해서는 아무것도 묻지 않고 일상과 똑같이 행동했다. 그런 키레의 노력이 통했는지 겨울 공기가 쌀쌀하기보단 시원하게 느껴졌다.

"오래 기다렸어? 왜 밖에 서 있었어. 들어가 있지. 옷도 대충 입고 나왔으면서."

"별로 안 기다렸어. 가자."

"어디 갈 건데?"

"여기 근처가 바다인 건 알아?"

"몰라. 근데 바다 좋다. 바다 보러 가자!"

"하지만 추운 거 알지? 물에는 못 들어가."

"괜찮아. 그냥 오랜만에 넓은 바다 보고 싶어. 모래도 밟고 싶고."

"그럼 밥은 바다 근처에서 먹을까?"

"그래. 좀 멀어?"

"금방이야."

"얼마나?"

"눈 깜짝하면 될 정도로?"

키레의 말처럼 근처에 정말 바다가 있었다. 건물에 가려 보이지 않았을 뿐 걸어서도 충분히 갈 거리였다. 우리는 넓은 바다가 보이는 식당에서 우선 밥부터 먹었다.

"키레, 저 앞에서 폭죽놀이 할래?"

"좋지."

든든히 배를 채우고 바닷가 앞 작은 구멍가게에 갔다. 남은 돈이 얼마 되지 않아 기다란 폭죽 두 개와 탄산수 하나를 골라 집었다. 계산을 하고 가게를 나서는데 주인 할머니께서 스파클라를 움켜쥐시며 말했다.

"학생, 이거 가져가."

"저희 이거 계산 안 했어요!"

"나 젊었을 때를 보는 거 같아서 그래. 공짜야, 공짜."

할머니의 후한 인심에 감사한 마음이 들었다.

"아. 할머니, 감사합니다!"

스파클라를 들고 구멍가게 앞에 있는 바닷가로 가는 돌길을 내려갔다.

"카네와, 우리가 손주 같아 보였나 봐."

"그러게. 나중에 커서 다시 오면 여기서 많이 사자."

"거기에 선물까지 어때."

"좋은데? 무슨 선물?"

"뭐든 그때 제일 유행하는 걸로."

우리는 머릿속으로 갖가지 선물을 떠올리며 고운 모래를 밟았다. 조금은 과감하게 나는 바다 비린내와 거친 파도 소리가 들렸다. 모랫바닥에는 누군가의 자취가 남아있었다. 낯설지만은 않은 누군가의 이름과 어느 가족이 만들었을 모래성. 혼자 고독을 즐기는 사람, 매트를 깔고 누워있는 커플. 그리고 둘씩, 혹은 여럿이 여행 온 듯 둘러앉아 있는 사람들. 부드러운 모래는 물에 가까워질수록 점점 단단해졌다. 오랜만에 밟아보는 모래는 내가 반가웠는지 걸을 때마다 속삭이듯이 발을 간지럽혔다.

"키레, 저기 앉을래?"

"좋은데. 앞도 뻥 뚫려 있고."

우리는 바닷물이 멈추는 곳에 비닐봉지와 가방을 깔고 앉았다. 한동안 말없이 겨울 바다를 바라봤다. 거칠지만 고요하게 들리는 파도 소리. 다들 휴가라도 온 듯 밝고 경쾌하게 웃는 소리. 그리고 달빛이 비치는 해수면에선 하늘의 별이 반짝이며 춤추고 있었다.

"날이 벌써 어두워지려고 그래."

"그러게. 너 고생했다고 일찍 푹 자라고 그러는 건가? 고생했어. 카네와."

'고생'. 그러고 보니 누군가로부터 처음 들어 본 단어다. 돌이켜보면 그동안 나는 한 번도 스스로 고생하고 있다고 생각해 본 적 없었다. 공부하면서 힘들고 지친 순간이 많았지만 다들 그렇게 하니까, 힘들다고 여기면 그건 나태한 거라고. 힘이 부칠 때면 내 능력을 채찍질하기에 바빴다. 그래서인지 키레의 말에 더 울컥했다.

"너도 고생 많았어."

"시험은 네가 봤는걸?"

"너도 얼마 전에 시험 봤잖아. 나는 고생했다는 말 한마디를 못 해준 거 같아서."

재작년 겨울 방학, 키레의 집에서처럼 분위기가 사뭇 진지해졌다.

"갑자기 왜 이래."

"근데 너는 시험 잘 봤냐는 말도 안 하네? 연락 오는 거 보면 다들 결과만 궁금해하던데."

"결과도 당연히 궁금하지."

"그런데 왜 안 물어봐?"

"그러게…. 그냥 나는 시험 끝나고 그 말을 별로 듣고 싶지 않았거든. 그래서 그랬나봐."

"너도?"

"응. 나도 너랑 똑같이 대부분 결과만 궁금해하더라고. 그동안 내가 어떤 노력을 했는지는 항상 뒷전이야. 그리고 난 알아. 네가 그 누구보다 힘들었다는 걸. 그래서 고생했다는 말을 먼저 해주고 싶었어. 아니야. 고생했다는 말만 해주고 싶었어. 결국 너도 최선을 다했잖아?"

나는 생각에 빠졌다.

"내가 최선을 다했을까? 다들 쉬는 시간에 공부할 때 나는 놀기 바빴는데."

"기계도 아니고 사람이 살아가는데 그런 날도 있지. 그리고 너는 분명 말할 수 있잖아. 그 순간은 더할 것도 없이 행복했다고. 그러면 된 거야. 이미 지나간 일은 돌이킬 수도 없어. 그러니까 인정만 하면 돼."

나의 과거가 주마등처럼 지나갔다. 분명 사쿠라와 함께했던 매 순간은 행복했다.

"인정?"

"남들보다 덜했는데 더 좋은 결과가 나오긴 어렵겠지. 그래도 그저 행복했던 그 순간을 기억하고 그에 따른 결과를 인정한다면 그것만으로도 충분히 행복한 삶이 아닐까 싶어."

"원하는 대학에 가지 못하면 행복하지 못한 거 아니야?"

"왜? 너는 이미 행복한 순간들을 보냈잖아. 만약 원하는 대학에 가기 위해 행복했던 지난날들을 포기했다면, 그래서 좋은 대학에 갔다면. 과연 너는 그 삶을 행복하다고 말할 수 있을까? 삶이 아름답다고 확신할 수 있을까? 그러니 넌 여러 가지 중에 가장 큰 행복을 선택한 거야. 차마 포기할 수 없었던 소중한 무언가를."

키레는 언제나 나에게 자신감을 심어줬다.

"그리고 너무 걱정하지 마. 난 믿어. 너는 분명 성공할 거라고."

행복했던 그날들. 그리고 그만큼 확신할 수 없는 미래. 나는 어떤 결과든 인정하기로 했다. 한결 마음이 편안해졌다. 후회는 없다. 분명 행복했으니까. 소중한 걸 얻었으니까.

"키레, 나 지금 이 순간만큼은 후회가 남지 않도록 최대한 즐길래. 먼 훗날 지금을 돌이키며 그때 참 행복했다고 이야기할 수 있을 만큼."

키레가 내 이야길 듣고는 어둑해진 바다를 바라보며 말했다.

"거기에 오늘 이날이 다시는 오지 않을 마지막 날이라고 생각해줘."

"그렇게까지?"

키레가 대답 없이 탄산수 뚜껑을 열었다.

"한 모금 마실까?"

나도 탄산수 뚜껑을 열었다.

"첫 잔에 보통 한마디씩 하던데."

"우정을 위하여! 뭐 이런 거?"

"응. 우리도 한마디씩 할까?"

"좋아."

"하나, 둘, 셋."

키레가 먼저 바다 끝까지 들리게 외쳤다.

"우리의 소중한 날들을 영원히 기억하자!"

그리고 나는 한마디처럼 힘차게 덧붙였다.

"죽는 순간까지 꼭 기억하리!"

우리는 술을 마신 것처럼 분위기에 조금씩 취해갔다.

"카네와, 폭죽 할래?"

"좋아. 소원이라도 빌까?"

기다란 폭죽에 불을 하나씩 붙였다.

처음엔 바람 빠지는 소리를 내며 약하게 떨어졌지만 점점 감을 잡았는지 불꽃들이 힘차게 하늘 위로 올라갔다. 그리고 마지막엔 아쉬움이 없도록 가장 멀리 날아갔다. 힘찬 폭죽은 하나의 노란빛으로 급하게 올라가 여러 개의 주황빛으로 여유롭게 퍼졌다. 그리고 모든 빛의 잔상이 빛났던 순서대로 사라지고 연기만 남았다.

"카네와, 무슨 소원 빌었어?"

"소원은 안 빌고 감사하다고 말했어."

"뭐라고?"

"좋은 사람들을 만나게 해줘서 감사하다고."

"그게 누군데?"

"그건 비밀. 너는 무슨 소원 빌었어?"

"나는…. 모두 다 비밀."

"야!"

가장 편한 사람과 보내는 여유로운 시간. 우리는 넓은 바다의 무게감에 사로잡혔다. 그리고 한동안 잔잔한 바다 끝 수평선을 바라보며 둘만의 추억을 쌓아갔다.

밤하늘 아래 바다와 하늘의 수평선은 희미해진다. 그렇기에 그 순간만큼은 서로가 이어진다. 바다에 사는 돌고래는 하늘로 올라가고 하늘에 사는 별들은 바다로 소풍을 간다. 동화처럼 아름답다.

"카네와. 춥지 않아?"

"조금. 이제 들어갈까?"

우리는 자리를 정리했다. 그리고 모래에 반쯤 들어간 스파클라를 발견했다.

하나를 키레에게 건네며 말했다.

"스파클라만 하고 들어갈까?"

"그래. 좋아."

우리는 모래에 막대를 하나씩 꽂았다. 모래성 게임을 하듯 조금씩 바닷물이 모래를 가져갔다.

"카네와, 저 바다들은 왜 이리 땅 위로 올라오고 싶어 하는 걸까? 이곳은 상상만큼 아름답지 못한데."

바위에 부딪혀 산산이 부서지는 파도가 보인다. 그리고 내 발에 따뜻한 물이 느껴졌다.

"음. 나는 우리를 밀어내는 거 같아 보이는데? 바다로 오지 말라고."

"응? 왜?"

"추운 날씨와는 어색하게 바닷물이 따뜻해. 뭔가 문제가 있어 보여."

키레가 허리를 숙여 바닷물에 손을 담갔다.

"그러게. 원래 바다는 차갑지 않나? 이상하네."

"어쩌면 바닷속 세계가 무너지고 있는 걸지도 몰라."

"그래서 이곳으로 올라오려는 거고?"

"응. 여기는 희망이 있어 보이나 봐."

"그럼 이곳은 희망의 땅이네?"

"그치. 모두가 희망이 있기에 열심히 살아가잖아?"

"희망이 없는 사람들은?"

"그러면… 두려움 없는 악마가 되겠지?"

키레는 내 말이 우스꽝스러운지 한동안 웃었다.

"너는 참 신기해. 나랑은 왜 친구 했어?"

"별거 없어. 노는 게 재밌잖아. 게임하고 채집하고 이야기하는
게. 그리고 무엇보다 똑똑하잖아! 항상 나를 놀라게 해."

"그럼 혹시 나중에 내가 재미없고 능력도 없어진다면 친구 안
할 거야?"

"어?"

키레는 진지해 보였다.

"당연히 친구 해야지. 나는 몇십 년이 지나더라도, 서로가 살

아가는 방식이 달라지더라도 우리가 함께했던 그날들, 웃고 울던 추억들, 그리고 너에게 고마웠던 감정들을 평생 잊지 않으며 너를 다시 만날 거야."

"정말? 내가 길거리에서 잠을 자더라도?"

"물론이지. 그뿐이겠어? 그럼 나는 너를 우리 집으로 당장 데려갈 거야. 슬플 때 진심으로 그 슬픔을 공유하고 힘든 순간을 함께 이겨내는 게 친구 아니겠어? 아… 조금 오글거렸나?"

키레는 조금씩 미소를 보였다. 하지만 바다에 비친 눈동자는 아련해 보였다.

"그러니까 키레, 무리하지 말고 천천히 해. 언제나 함께할 거니까."

스파클라의 불꽃이 사방으로 튀었다. 마치 별처럼 보인다. 막대 아래까지 올라온 바닷물은 모래 위에 비친 빛을 더욱 풍성하게 해주었다. 나는 그것을 남기기 위해 사진을 찍었다. 어느덧 불씨가 약해지더니 서서히 멈추었다. 나는 키레의 소망처럼 그날이 마지막인 것처럼 후회가 남지 않게, 그저 순간을 즐겼다.

버틸 수 없던 벚꽃이 결국 바람에 몸을 맡긴다

새해가 지난 2월, 나의 생일도 지났다. 그리고 많은 추억이 깃든 고등학교를 떠날 날이 가까워졌다. 시험 결과는 당연하게도 떨어졌다. 어느 정도 예상했기 때문일까. 크게 실망하진 않았다. 하지만 주변 사람들은 조금만 목표를 낮추거나 성적이 높았더라면 합격할 수 있는 점수였다며 내 마음이 불편해질 정도로 아쉬움을 표현했다. 부모님과는 오래 대화했다. 재수를 해서 원하는 대학에 간다는 가정과 그로 인해 소비되는 1년이라는 시간에 대한 이야기였다. 어머니는 재수 학원은 알아두었으니 나에게 모든 선택권을 주겠다며 졸업식 날까지 결정해 달라고 했다.

키레는 당당히 대학에 붙고 가족 여행을 길게 갔다 온다고 했다. 얼마나 급한지 졸업식도 불참했다. 그 후로 얼굴 한 번을 볼 수 없었다. 작년 말, 바닷가에서 본 모습이 마지막이었다.

어느덧 졸업식 날이 다가왔다. 졸업식에 사쿠라도 함께했다. 못 본 사이 앞머리를 내린 사쿠라의 모습은 처음 만났을 때를 떠올리게 했다.

"사쿠라, 앞머리 내린 거 정말 오랜만이다."

"오늘만큼은 네가 좋아하는 머리로 손질하고 왔지. 어때?"

"예뻐. 아주아주."

그녀는 기분이 좋은 듯 웃어 보였다.

"여기 선물. 졸업 축하해."

사쿠라는 다른 사람들과는 비교도 안 될 정도로 큰 박스를 내게 건넸다.

"너무 큰 거 아니야? 여기서 제일 큰 거 같아."

"이것도 많이 줄인 거야. 주고 싶은 게 얼마나 많던지."

사쿠라가 또 무언가를 쥐여줬다.

"이거는 꽃."

여러 색의 장미와 목화가 있었다. 단연코 세상에서 제일 예쁜 꽃이었다.

"너무 예쁘다. 언제 다 들고 왔어."

"버스에서 고생 좀 했지. 근데 그 꽃 조금 특이하지 않아?"

꽃을 자세히 봤다. 냄새도 맡아보고 만져도 봤다.

"생화 같은 조화야?"

"생화 같지?"

"응. 냄새는 모르겠는데 생긴 게 진짜 꽃 같은데?"

"사실 비누 꽃이야."

"비누? 비누로 꽃도 만들 수 있어?"

"응. 신기하지. 생화같이 보이면서 젖지만 않으면 정말 오래 간대."

"그러면 평생 볼 수도 있는 거네?"

"그렇지. 관리만 잘한다면?"

한쪽에서 친구들이 옹기종기 모여 열을 맞추고 있었다. 그리고 내 이름을 부르는 소리가 들렸다.

"카네와, 그만 연애하고 우리랑도 사진 찍자."

사쿠라는 웃었다. 내가 들고 있던 박스를 건네 들었다.

"얼른 갔다 와."

"고마워. 금방 올게."

초등학교 때부터 친구였던 반 아이들과 사진을 찍었다. 그 사진에는 사쿠라의 꽃도 함께했다.

"사쿠라, 오래 기다렸지. 다 찍고 왔어."

"네가 제일 잘생겼더라."

사쿠라는 또 나를 민망하게 했다.

"에이, 무슨. 근데 확실한 건 여기서 네가 제일 예뻐."

"꽃 중에선?"

"이 꽃이 제일 향기롭지."

사쿠라는 뿌듯해 보였다.

"선물은 나중에 집 가서 열어 봐야 돼. 알겠지?"

"지금 열어보면 안 돼?"

"안 돼. 편지 있단 말이야. 꼭 혼자 있을 때 봐."

"알겠어. 빨리 보고 싶다."

"너 혼자 보다가 아기처럼 우는 거 아니야?"

"감동 받아서?"

"응."

"너는 내가 너무 보고 싶어서 울지나 마."

"난 무슨 일이 있어도 안 울어."

"우는 거 봤는데?"

"어. 선생님이 부른다. 얼른 가자."

사쿠라는 이럴 때마다 잘 도망갔다.

선생님이 학생들을 불러 모았다. 오랜 이야기를 나누고 점심시간이 한참 지나서야 졸업식이 끝이 났다. 다들 부모님 차 타고 밥 먹으러 가거나 친구들끼리 버스 타고 놀러 갈 준비를 했다.

"사쿠라, 밥 먹었어?"

"아니. 배고파."

"너는 항상 배고픈 거 같아."

"네?"

"아니야. 가고 싶은 데 있어?"

"나는 다 좋아. 오늘은 꼭 네가 먹고 싶은 곳으로 가야 돼."

"그럼 일단 시내로 가볼까?"

"좋아. 근데 가는 동안 배 안 고프겠어?"

"참았다가 먹으면 더 맛있으니까 충분히 기다릴 수 있어."

사쿠라가 주머니에서 무언가 주섬주섬 꺼냈다.

"사탕이라도 먹을래?"

"무슨 맛?"

"레몬이랑 딸기에 우유 탄 맛?"

"딸기 우유 맛이 있어?"

"이름은 잘 모르는데 이게 제일 맛있더라고. 한번 먹어 봐."

궁금한 마음에 얼른 까서 입에 넣었다.

"오. 맛있다. 먹어 본 맛 중에 이게 제일 맛있는데?"

"역시 너는 좋아할 줄 알았어. 어떻게 나랑 입맛이 똑같을 수가 있지?"

"우린 운명이니까?"

버스정류장에 꽤 많은 사람들이 버스를 기다리고 있었다.

"카네와, 버스도 바로 왔어. 오늘 무슨 날인가?"

"오늘? 나의 졸업식 날!"

사쿠라는 이제 재미없는 나의 농담에 대답 없이 눈빛만 보냈다. 이런 반응에 익숙해진 나도 얼른 뒤따라 올라탔다.

시내에 내린 우리는 국수를 먹고 카페에서 많은 이야기를 했다. 오늘따라 겨울의 밤이 빨리 찾아오는 듯했다.

"카네와, 추우니까 더 빨리 허기진다."

"그러게. 따듯한 거 먹고 싶어."

"간단하게 분식집 어때?"

"오. 좋은데? 길거리에 있으면 서서 먹자. 어때?"

"좋아."

우리는 작은 포장마차에 갔다.

"카네와, 서서 먹을 자리가 없는데 앉아서 먹을까?"

"좋아. 짐도 많으니까 그게 좋겠다."

야외에서 서서 먹을 생각이었지만 여러 이유로 안으로 들어갔다. 따듯한 온기에 창문에는 김이 서려 있었다.

"카네와, 졸업하니까 어때?"

"아무렇지도 않아. 하지만 다신 학교에서 너랑 놀지 못한다는 게 아쉬워."

"그러게. 나는 너랑 떨어져 있을 생각하니까 불안해."

"불안하긴 뭐가 불안해."

"너 대학교에서 다른 여자 만나는 거 아니야? 사람들이 잘생겼다고 막 달라붙을 텐데!"

사쿠라에게는 대학에 붙었다고 거짓말을 했다. 대입에 실패했다고 하면 분명 자신의 탓으로 돌릴 게 뻔했다. 나의 능력 부족을 그녀에게 떠넘기고 싶지 않았다.

"나한테 사람들이 왜 와."

"너 막 번호 물어본다고 주면 안 된다."

"번호 없다고 그럴게."

"아니지. 여자친구 있다고 그래. 아무 말도 못 하게."

사쿠라는 혼자 화가 났다.

"그 여자 진짜 싫다. 그치."

일어나지도 않은 일에 질투하는 사쿠라가 귀여웠다.

"너는 이제 나 없이 혼자 학교에 있는데, 신입생 남자애들이 따라다니는 거 아니야?"

"나는 너 없으니까 이제 화장도 안 하고 춤도 안 추고 공부만 할 거야."

"화장 안 하면 더 예뻐 보일 텐데?"

"아니거든. 아. 근데 너 없는 학교생활 어떻게 하지."

사쿠라는 깊은 한숨을 내쉬었다.

"공부에 집중하는 거지. 너는 이제 3학년 되는데 좀 어때?"

"사실 너한테 미안한 마음이 가장 컸어. 2학년 말부터 정말 바쁘고 시간도 빠르게 지나가더라고."

사쿠라의 입에서 이 말이 나오니 정말 3학년이 된 듯싶었다. 그리고 그녀가 한숨을 내쉬며 말했다.

"우리 이제 언제 만나지."

그동안 함께했던 1년도 실은 버텨온 것인데, 우리에게는 더 큰 1년이 남아있었다. 다시 원점이다. 사쿠라는 이제 3학년이 된다. 얼굴조차 쉽게 볼 수 없을 것이다. 그 1년이 얼마나 힘든 시간인지 잘 알기에 더 복잡한 마음이었다. 온갖 낯선 생각이 머릿속으로 스며들었다.

"사쿠라, 우리 일단 먹을까?"

"그래. 일단 먹고 고민해보자. 근데 너는 입학식 언제야?"

"응?"

"입학식이 언제냐구."

목이 턱 막히고 가슴이 답답해졌다.

"나 사실 대학 안 갈 수도 있어."

"왜? 뭐가 마음에 안 들어?"

"그건 아닌데, 부모님이 재수해 보래. 여러 가지 좋은 결과를 말해주시면서."

"재수해서 성공하면 더 할 것도 없이 좋긴 하지. 만약 너 재수하면 대학생 때 1학년 같이 시작해서 좋긴 하겠다. 카네와 혼자 대학교 가서 내가 걱정할 것도 없고. 아! 그리고 대학 졸업도 같이 하겠네!"

사쿠라가 고민 중인 내 표정을 봤다.

"그렇다고 재수하라는 건 아니야. 생각보다 훨씬 힘들대. 그래도 다행이다. 일단 붙은 대학이 있어서."

사쿠라가 접시를 보여주며 내게 말했다.

"짜잔. 하트 튀김!"

사쿠라는 남은 튀김 가루로 하트를 만들었다. 그리고 옆에 있는 부스러기로 꼭지를 붙이며 말했다.

"이거는 하트 사과 튀김!"

사쿠라는 아무 걱정 없이 행복해 보였다.

"접시 들어 봐. 사진 찍어 줄게."

사진 찍는 일에 이제는 조금 익숙해진 나였다.

"사쿠라, 내 옆으로 와 봐."

"왜?"

사쿠라가 내 옆으로 달라붙었다. 그리고 나는 그녀의 카메라를 들었다.

"같이 사진 찍자. 내가 찍을게."

"정말?"

"나 처음 찍어보는 거니까 놀리면 안 돼."

사쿠라는 자기 머리를 어루만졌다.

"알겠어. 한번 찍어봐."

나는 사쿠라를 한쪽 팔로 안았고 그녀는 얼굴을 나의 어깨에 기댔다. 그리고 나는 남은 한 손으로 카메라를 들었다.

"찍는다?"

"응."

'하나 둘 셋!'

'찰칵'

사쿠라가 사진을 확인했다.

"너 어디 아파? 좀 웃어 봐."

사쿠라가 카메라를 다시 들었다. 그리고 처음 사진 찍던 그날과 똑같은 농담을 꺼냈다. 나는 그날의 애틋한 순간이 떠올라 미소를 지었다.

'찰칵'

사쿠라는 사진을 한참 동안 바라봤다.

"다시 찍을까?"

"아니야."

"잘못 찍히지 않았어? 얼굴도 다 안 나오고."

"난 오늘부터 이 사진이 제일 좋아."

사쿠라는 정말 사진을 마음에 들어 했다.

나는 다시 한번 사진을 봤다. 그리고 느꼈다. 사쿠라와 나의 얼굴이 전부 나오지 않았지만 서로의 눈동자만으로도 지금의 감정을 느낄 수 있었다. 우린 정말 행복해 보였다. 나의 미숙함도 사쿠라와 함께라면 예술의 일부가 된다. 하지만 사쿠라의 얼굴을 보니 마음이 아려왔다. 이제 고등학교 3학년이 되는 사쿠라에게 나는 별 도움이 되지 못할 것이다. 최악의 경우 나의 현재가 그녀의 미래가 될 수 있다. 사쿠라의 얼굴을 바라봤다. 어린애 같은 순수한 표정. 더 이상 거짓말을 할 수 없었다. 그리고 차마 그녀를 방해할 수 없었다.

나의 웃음기 사라진 표정을 보았는지 사쿠라가 걱정스러운 눈빛으로 말했다.

"카네와, 사진 마음에 안 들어?"

"아니야. 다시 보니까 잘 나온 거 같아."

사쿠라는 다시 자기 자리로 돌아갔다. 그리고 뭔가 미심쩍은
듯 내게 말했다.

"뭐지. 분명 뭔가 있는데…."

우리는 잠시 동안 아무 말 없이 물만 마셨다.

"사쿠라, 나 사실 할 말 있어."

내 표정과 말투에서 사쿠라도 무거운 분위기를 느꼈는지 조심
스럽게 컵을 내려놓고 내 손을 지그시 잡았다. 그리고 나의 눈
을 조심스레 바라봤다.

"무슨 할 말?"

"나 사실 대학에 떨어졌어."

사쿠라는 정말 놀랐는지 순식간에 얼굴이 굳어졌다.

"그게 무슨 말이야? 대학에 붙었다고 하지 않았어?"

"네가 미안해할까 봐. 근데 차마 웃는 너를 보니 거짓말을 못
하겠어."

사쿠라는 아무 말도 하지 못했다.

"그래서 나 기숙 학원에 들어가게 됐어."

사쿠라는 분명 당황했지만 놀라지 않은 척, 담담하게 대답했

다.

"언제부터?"

"다음 주."

사쿠라도 기숙 학원에 대해 어느 정도 알고 있었기에 만나지 못한다는 걸 예감한 듯했다. 그 마음을 알아서일까. 우리의 만남에 대해 내 생각을 먼저 물어봐 주는 그녀의 모습과 이 상황이, 내 가슴을 더 씁쓸하게 만들었다.

"너는 어떻게 하고 싶어?"

"앞으로 만나는 건 물론, 연락도 힘들 거야. 너한테도 힘들겠지."

사쿠라는 제발 그 말만은 나오지 않길 바라는 표정 같았다. 하지만 그녀가 가장 듣고 싶지 않았던 말을, 내가 가장 하기 싫었던 말을 전할 수밖에 없었다.

"우리 잠시 멀어지자."

사쿠라를 완전히 놓아주고 싶지는 않았지만 그건 너무 이기적이라는 생각에, 그녀가 더 이상 힘들어하지 않았으면 하는 마음에 단호하게 다시 말했다.

"우리 헤어지자."

조금 열려있는 문 사이로 고요한 바람 소리만 흘렀다. 한동안 우리는 아무 말 없이 앉아있었다. 처음 만났을 때처럼 한 글자 내뱉기에도 오랜 시간이 걸렸다. 어쩌면 그때보다 더 조심스러웠다. 정말로 마지막 말이 될 수도 있다는 사실을 서로는 알았다. 그리고 사쿠라가 긴 침묵을 끝냈다. 그녀는 초점을 잃은 눈으로 맞잡은 손을 바라보며, 아련하지만 결연하게 말했다.

"응. 그러자."

조금은 잡아주길 바랐던 나는 그 순간 어떠한 침묵도 그리웠다. 하지만 대답을 들은 나는 더 이상 사쿠라와 함께 있을 수 없었다. 사쿠라는 마치 온몸에 힘이 빠진 듯 내 손을 놓았다. 언제 폭풍이 몰아칠지 모르는 고요 속, 나는 침묵을 유지하며 자리에서 일어났다.

저 멀리 홀로 앉아있는 사쿠라의 모습은 너무나 쓸쓸해 보였다. 나를 바라보지 않는 그녀의 시선. 얼어붙은 그녀의 몸. 추운 겨울 속 멈춰 버린 나무 같다.

함께 걸었던 길을 홀로 되돌아왔다. 눈물이 나올 것만 같았다. 누군가 나를 부르진 않을까 뒤도 돌아봤다. 하지만 그런 드라마 같은 일은 일어나지 않았다. 버스정류장에 도착했다. 사쿠라와 데이트를 하며 기다렸던 버스. 건너편 나무들 사이로 보이는 첫 데이트 장소. 그곳에 아늑한 작은 노점상은 예전과 같이 변함없이 그곳에 있었다. 달라진 건 사쿠라와 나, 우리 둘뿐이었다. 외롭고 쓸쓸한 밤, 예보에 없던 첫눈이 내렸다. 차가운 바람마저 불었다. 두 발은 얼어붙었고 추억을 그리던 나의 눈은 점점 흐려지기 시작했다. 시린 두 볼, 그 위로 결국 참아왔던 눈물이 하늘에서 내리는 첫눈처럼 유독 천천히 흘러내렸다.

 아무도 믿지 못할 것이다. 사랑하기에 떠난다는 그 말을. 그리고 더 많이 사랑하기에 잡을 수 없었다는 한 사람의 말을.

 둘 중 한 사람이라도 이기적으로 행동했다면 안 헤어졌을까. 우린 자신보다 상대를 더 생각했고, 배려했다. 그래서 이별을 더 쉽게 맞았을지도 모른다. 그렇게 우리가 어렵게 지켜온 작은 불씨는 냉정하게 흩날리는 눈보라에 그만 빛을 잃고 말았다.

 집에 돌아와 열어본 선물상자에는 향수, 핸드크림, 따듯해 보이는 검은색 맨투맨과 남색 터틀넥이 있었다. 그리고 작은 손편지가 있었다.

TO. 카네와 ♡

안농 카네와~ 너가 졸업을 한다니...ㅠㅠ

3년 동안 고생 많앙어영 졸업 짱짱 축하해~

학교 와서 너를 만난 게 가장 큰 행복이라구 생각해. 너도지??

나는 고3이구 넌 대학에 가지만 딱 1년 뒤에는 완전 자유를 즐기

면서 예쁜 연애하자 >0<

졸업 진짜 짱 세상에서 내가 제일 축하하궁!!!

우리 둘 다 좋은 일만 가득했음 좋갰용 ♡ 평생 사랑해!!

2019.02.12.

 -사쿠라-

　장난기 넘치는 사쿠라의 편지에 더 깊은 슬픔이 몰려왔다. 다
시 돌이킬 수 없다는 걸 잘 알기에 후회해도 소용없다. 사쿠라
가 너무 많이 힘들지 않기를 간절히 바란다며 헤어짐은 그녀를
위한 것이라고 그저 같은 말을 되뇌기만 할 뿐이었다.

벚꽃이 떨어지고 결실을 거두다

일 년에 단 한 번 있는 11월의 시험이 또 한 번 끝났다. 사쿠라와 헤어진 후 2월 중순부터 지금까지 나는 사쿠라를 향한 정리되지 않은 마음을 그대로 방치한 채 몇 개월을 흘려보냈다. 기숙학원에서의 나는 마치 깨진 유리그릇 같았다. 깨진 그릇에 흐르는 물처럼 어떤 말도 내 마음에 고이지 않고 흘러내렸다. 그래서 그 어떤 것도 내 안에 남아 있지 않았다. 마치 물 낭비를 하듯 내 시간을 낭비했다. 하루 동안 말 한마디 안 한 날도 많았으며 사람들과의 대화는 어렵게만 느껴졌다. 남은 건 마음의 병뿐이었다.

사쿠라는 시험을 어떻게 치렀을까. 이제는 남이 되었기에 사쿠라의 근황은 알 수 없었다. 더욱이 그녀의 졸업식도 축하해 줄 수 없었다. 내가 힘들 때 항상 도움을 줬던 키레와도 연락이 닿지 않았다. 남들보다 뒤처진 나는 마치 모두에게 버림받은 기분이었다.

기숙학원을 나온 이후에도 몇 년을, 하루하루 공허한 방안에만 틀어박혀 있었다.

삶의 의미를 잃어버린 채 지내던 어느 날, 아버지가 찾아왔다. 처음 보는 아버지의 부드러운 눈빛. 그가 오랜만에 지긋한 목소리로 내 이름을 불렀다.

"카네와, 잠시 들어가도 되니?"

"네."

"이번 주말에 뭐하니?"

그 질문은 나를 더 초라하게 만들었다. 아무 계획도 없는 나는 할 말이 없었다.

"여행이나 다녀올래?"

"네?"

생각지 못한 아버지의 제안에 조금 놀랐다. 더군다나 나는 그동안 여행은 여유 있을 때나 가는 것이라고 생각했기 때문이다. 그러나 나에겐 쉴 수 있는 시간도, 심적 여유도 없었다.

"한 번 갔다 와. 바람도 쐬고 맛있는 음식도 먹고."

아무런 대답을 하지 않자 아버지는 헛기침을 하며 낮은 목소리로 자신의 이야기를 하기 시작했다. 처음 들어보는 아버지의 이야기였다.

"나도 너처럼 지쳐있을 때가 있었단다. 친한 친구에게 배신당해 사업도 실패하고 부모님도 일찍 돌아가셔서 기댈 곳이 없었지. 수중에 들고 있는 돈으론 일주일도 버티기 힘들었어. 일자리를 구할 자신도 없었고. 더 이상 살고 싶지 않았다. 그러던 어느 날 집에 굴러다니는 책 한 권을 읽었어. 그 책에선 삶의 의

욕을 잃은 사람에게 여행을 떠나라고 말했어. 돈도 없고 미래에 대한 걱정만 가득한데 어딜 놀러 가라는 건지. 참 이해가 안 됐어. 하지만 그 아래 마음을 움직이는 문장이 쓰여있었어. 바로 이 문장이야."

아버지는 휴대폰 속 사진 한 장을 보여주었다. 투박한 글씨로 책 속 문장을 필사한 뒤 찍은 사진이었다.

'포기하고 싶을 때마다 당신의 삶을 지탱해 주었던 존재들을 떠올려보세요. 소중했던 사람들, 당신을 웃게 만든 사람들. 그 사람들과 함께 보냈던 시간이 그립지는 않은가요? 행복했던 감정들. 다시 만날 수 있습니다. 우선 밖으로 나와보세요. 아름다운 세상이 당신을 기다리고 있습니다.'

"그날 밤 나는 바로 떠났어. 아무것도 없이 식탁 위에 있던 담배 하나만 입에 문 채로. 그날 이후 내 인생은 전부 바뀌었어. 너에게 여행을 떠나보라고 더 말해주고 싶지만, 그동안 내가 너를 힘들게 한 것 같아 차마 입이 안 떨어지는구나. 다 너를 위해 했던 말이지만 너에게는 그렇게 닿지 않았을 테니. 가장 의지하고 싶은 사람이 나였을 텐데, 그런 내가 네 삶을 통제했다고 생각하니 너무 미안하구나. 용서해 주렴."

가끔 베란다에서 한숨을 내쉬던 아버지의 모습이 떠올랐다. 그리고 힘들었던 과거 이야기와 진심이 담긴 말들을 들으니 눈물이 맺혔다. 빨개진 나의 눈을 바라본 아버지는 더 이상 조금의 강요도 하지 않으며 자리를 비켜주었다.

"혹시 도움이 필요하면 언제든지 말해주렴."

아버지는 고개를 떨구며 조용히 방문을 닫고 나갔다.

그 후로 몇 주가 지났다. 나는 살기 위해 모험을 떠나기로 했다. 포기하고 싶어질 때마다 아버지의 이야기를 떠올렸고, 힘든 순간마다 내 삶을 지탱해주던 사람들을 차근차근 떠올렸다. 그렇게 발길이 닿는 곳으로 정처 없이 움직였다. 먼저 온 아무 버스를 타고 나도 모르는 곳으로 몸을 던졌다. 버스는 점점 시내를 벗어났고 외진 곳으로 굴러갔다. 사람들의 모습은 도시에서 벗어날수록 여유로워 보였다. 오랜만에 맡아보는 봄의 향기, 들어보는 여름의 울음. 어느덧 여행을 시작한 지 몇 개월이 지났다.

그러던 어느 날 모르는 번호로 연락이 왔다.

카네와. 오랜만이야.
나 다음 주에 에릿 항구에 도착해.
혹시 시간이 된다면 만날 수 있을까?

-키레

키레에게 온 문자였다. 갑작스러웠지만 너무나 반가운 연락이
었다. 무엇보다 정처 없는 여행을 하던 나에게 이번에도 키레는
큰 힘이 되어줄 것만 같았다. 오랜만에 키레와의 약속. 빨리 그
날이 왔으면 좋겠다.
  며칠간 나는 무작정 앞으로 걸었다. 바이올린 소리로 가득했
던 하숙집을 지나 점점 산으로 들어갔다. 나는 무섭지 않았다.
두렵지도 않았다. 죽을 각오도 되어있었기에 모든 것이 나에게
는 한낱 가벼운 모험이었다. 산속의 밤은 반딧불과 같은 작은
빛도 멀리서 보일 정도로 어두웠다. 어느덧 막다른 길목에 들
어섰고, 깊은 산 속에 흐르는 청량한 계곡물만이 산속의 길이었
다. 계곡물이 얼마나 시원하고 맑던지 나의 얼굴이 그대로 비췄

다. 오랜만에 보는 내 얼굴, 지저분했지만 조금은 행복해 보였다. 강물을 따라 물방울이 맺힌 잡초들 사이를 걸었다. 그리고 길을 잃었다. 점점 사방이 산으로 덮였고 춥고 불안한 마음이 올라왔다. 하지만 다행히도 작은 불빛이 보였다. 그리고 그곳에서 회색의 커다란 개와 평생을 여기서 살아온 듯한 한 노인을 만났다. 노인이 먼저 낯선 이방인인 나를 반갑게 반겨주었다.

"여행 중이신가요?"

"네. 길을 잃었습니다."

"쉬실 곳은 있으신가요?"

"아니요. 아무것도 없습니다. 혹시 실례가 안 된다면 하룻밤만 재워주실 수 있을까요?"

"물론이죠. 밤에 더 이상 가는 건 위험합니다. 하루 쉬었다 가세요."

"정말 감사합니다."

"아니에요. 제집도 아닌걸요."

"그럼 집주인이 따로 있나요?"

"그건 저도 모릅니다. 다만, 여행 중에 이곳이 마음에 들어 2년 넘게 살게 되었어요. 그때는 아무것도 없는 낡은 오두막이었어요. 지금은 제법 봐 줄 만하죠?"

오두막 주변은 그럴싸했다. 조약돌을 쌓아 만든 동그란 연못에는 물고기들이 유유히 헤엄치고 있었고 그 옆으론 옷을 말리는 나무 건조대가 있었다.

"여기서 평생을 살아오신 줄 알았네요."

"그럴 수 있죠. 당신이 제 첫 손님입니다."

"영광입니다."

습하고 전기도 안 들어오는, 당장 앞만 볼 수 있는 작은 촛불로 어떻게 이곳에서 2년을 살았는지 궁금했다.

"이곳에 살면 안 불편한가요?"

"다 익숙해졌습니다. 오히려 마음이 여유로워 제가 하는 일에 더 집중할 수도 있죠."

"어떤 일을 하시나요?"

"춤입니다. 일단 들어오세요."

노인은 나를 오두막 안으로 안내했고 촛농이 너저분하게 묻은 탁자 위에 놓인 초를 하나 더 피웠다. 그리고 들고 있던 다른 초를 벽에 가져다 대며 방 안을 하나씩 설명해주었다.

집 안에는 색칠이 안 된 여러 그림이 있었다. 누군가를 지키고 있는 듯 늠름한 표정의 개의 그림과 어느 호수의 그림, 그리고 여성으로 보이는 초상화가 있었다.

"저 여성분은 누구인가요?"

노인은 특히 그 초상화를 오랫동안 바라보며 말했다.

"저희 어머니입니다."

다른 그림과는 다르게 머릿결조차 섬세하게 그려져 있었다.

"그림 정말 잘 그리시네요. 2년 동안 이 모든 걸 그리신 건가요?"

"다른 그림은 금방 그렸지만 지금 그리고 있는 어머니 그림을 거의 1년 동안 그리고 있습니다."

"정말 소중한 그림이군요."

"맞아요. 하지만 그래서 오래 걸리는 건 아닙니다."

노인이 침대에 앉자 기다리고 있던 개가 그의 다리 위로 슬며시 머리를 올렸다. 노인은 개를 부드럽게 쓰다듬었다.

"사실 어머니의 모습이 기억나지 않아요. 저 모습도 어렸을 때 어렴풋이 기억하는 모습이에요. 기억들이 점점 잊혀 가고 있어요. 수많은 기억 중에 정말 소중한 순간만이라도 꾸역꾸역 놓치지 않으려 지푸라기 같은 심정으로 잡아 왔어요. 하지만 이제는 어머니의 웃는 모습도 잘 기억이 안 나요. 다시는 볼 수 없는 추억이 되어버렸지요."

노인은 어머니를 그리워하고 있었다.

"사진이 없나 봐요?"

"네. 저 그림이 남아있는 제

의 전부예요. 그래서 저는 항상 기도합니다. 꿈에서라도 만나

게 해달라고."

노인의 헝클어진 이부자리가 눈에 들어왔다. 마치 꿈에서 깨

어나고 싶지 않은 노인의 마음을 대신하는 것 같았다. 그 옆엔

노인의 작업대가 있었는데 한쪽에 어떤 문장이 깊게 새겨져 있

었다.

'꿈에서 만나요, 다시는 만날 수 없는 그대여.'

나무가 썩어 사라지지 않는 이상, 노인의 간절한 바람은 영원

할 것이다. 나는 눈을 감고 작은 기도를 올렸다.

노인과 대화하는 내내 나의 어머니, 아버지가 떠올랐다. 그들

이 여전히 내 곁에 있음에 감사함을 느꼈다. 내게 학업을 강요

하며 모질게 굴었던 행동들이 결국 나를 사랑하기 때문이었을

거란 생각도 들었다.

"말이 길었네요."

"아니요. 괜찮습니다. 혹시 다른 그림들에 대해서도 설명해주

실 수 있나요?"

노인은 오랜만에 생긴 말동무에 반가운듯했다. 나도 그림을 그리는 그의 이야기를 더 듣고 싶었다. 노인이 또 한 번 개의 머리를 부드럽게 쓰다듬었다.

"이 녀석은 제가 여기 오기 전부터 살고 있었습니다. 그때는 새끼였는데 2년 사이에 저렇게 커버렸어요. 이제는 여생을 함께할 동반자가 됐지요."

개가 대답하듯 꼬리를 무게감 있게 흔들었다.

"귀엽네요. 제가 본 개중에 제일 용맹해 보여요."

노인은 웃으며 말했다.

"맞아요. 그동안 침입한 동물이 하나도 없었어요."

우리는 늦은 저녁까지 여러 대화를 이어갔다.

"호수는 근처에 있는 건가요?"

"네."

"자주 가시나요?"

"가끔 깊은 생각을 하고 싶을 때 갑니다."

"혹시 나중에 가게 된다면 저도 데려가 주실 수 있을까요?"

"그럼요. 물론이죠."

우리는 한참을 대화했다. 그리고 노인은 내게 가장 편안한 자리를 내어주었다.

밖에선 추위를 막아주는 장작이 타올랐다. 노인은 집안의 향초를 끄고 자기 자리로 찾아갔다. 아무것도 보이지 않고 바람소리만 들리는 이곳에서 나는 그가 잠에서 깨어나지 않도록 최대한 벽에 몸을 붙이고 잠이 들었다.

나는 이곳에서 조금 더 지내기로 했다. 노인은 내게 머물고 싶을 때까지 머물러도 좋다며 보금자리를 내어주었다. 우리는 함께 낚시를 하러 다녔고 음식도 만들어 먹었다. 마른 장작도 구했고 노인이 혼자서는 못했던 미뤄온 작업들도 마무리했다.
며칠이 지났을까. 굳은 비가 내렸다. 노인이 서둘러 나가길래 '이곳에선 비가 오면 피해를 최대한 줄이기 위해 재빨리 움직이나 보다'하고 생각했다. 하지만 내 생각과 달리 노인은 개와 마당에서 비를 맞으며 놀고 있었다. 아름다운 한 장면. 행복은 사소한 곳에 있었다.
그렇게 또 며칠이 지난 새벽. 노인과 개는 나갈 준비를 하고 있었다.
"어디 가시나요?"
"옆에 하천에 바람 쐬러 갑니다. 같이 가실래요?"
"좋아요. 금방 나가겠습니다."

노인은 내게 털로 된 겉옷을 덮어주었다.

"혹시 그림 속 호수로 가시나요?"

"맞아요. 조심히 따라오세요."

오두막 옆에 있는 시내 주위로 안개는 자욱했고 수분을 머금은 촉촉한 공기가 기분 좋게 내 얼굴에 스며들었다. 안개만이 조성할 수 있는 이 분위기에 압도당했다. 앞이 보이지 않아 조금은 무서웠지만 그렇기에 더 설레기도 했다. 그렇게 호수에 도착했다. 노인이 그린 그림 속의 모습은 조금 과장을 보태면 그동안 내가 본 곳 중 가장 자연을 닮은 호수였다.

노인은 겉옷을 벗고 물속으로 들어갔다 나오기를 반복하며 소소하게 물놀이를 했다. 행복한 나날을 즐기고 있는 어른처럼 보였지만 자세히 들여다보면 어딘가 고민이 있는 사람처럼 보이기도 했다. 물놀이를 마치고 돌아온 노인이 내 옆에 앉았다. 그리고 말했다.

"집으로 다시 돌아가고 싶진 않으세요?"

"아직 괜찮습니다. 지금 삶이 더 행복한걸요."

노인이 나에게 부러운 듯한 눈빛을 보냈다. 그 눈빛에도 약간의 슬픔이 서려 있었다. 그런 노인이 자꾸만 마음에 걸려 나는 계속해서 말을 붙였다.

"결혼은 하셨나요?"

"아니요."

"형제는 있으신가요?"

"애매합니다. 연을 끊은 지 오래됐거든요."

형제와 인연을 끊었다니. 내가 공감하고 위로하기엔 너무 무거운 사연이라 그 이유를 더 이상 묻지 않기로 했다. 하지만 노인은 한탄하는 듯 깊은 한숨을 쉬며 먼저 자신이 살아온 이야기를 꺼내기 시작했다.

"막내였던 저는 형제들과 경쟁할 힘이 없었습니다. 그들은 정말 이기적이었어요. 먹는 거, 자는 곳, 뭐가 됐든 저에게 양보하는 일이 없었어요. 그러면서도 제게 실망하지 말라며 괜한 위로를 해댔죠. 저도 그땐 나름 긍정적으로 생각하려고 노력했어요. 가족에게 양보하면 결국 나에게도 좋을 거라고. 그게 옳은 거라고 합리화하면서요. 하지만 몇 년이 지나 보니 남는 건 하나도 없었어요. 저만 뒤처져 있었습니다. 억울한 마음에 어머니에게 솔직한 속마음을 말했어요. 가족이라는 사람들이 왜 이렇게 이기적이냐고, 가족은 원래 누구보다 서로 배려하고 아껴줘야 하는 거 아니냐고요. 그런데 저보다 나이가 한두 살 많았던 누이가 어디서 듣고 있었는지 제게 막말을 쏟아붙이더라고요. 자기는 경쟁을 한 거라고. 다들 얼마나 열심히 자기 걸 지키기 위해 노력하는지 알기나 하냐고. 싸울 힘과 능력도 없으면서 뭘 그렇게 양보했다고 큰소리를 내냐고. 어디서 자기 삶을 더럽히냐고 성을 냈습니다. 그 말을 들으니 마음이 울렁거렸어요. 저는 가족을 위해 제 꿈도 청춘도 버린 채 논일을 도와왔었거든요. 저희 집엔 빚이 있었고 그 빚을 갚는 건 제 몫이었습니다. 당연히 가족 빚이 제 꿈보다 먼저라고 생각했어요. 그런 제게 누이란 사람이 할 소리입니까? 제가 일한 돈으로 혼자 능력을 키워나갔으면서. 그래 놓고 능력이 없다니요. 무슨 집안싸움이라도 일으키길 바랐던 건가요. 그때만 생각하면 지금도 숨이 막혀요."

노인은 처음에는 걷잡을 수도 없이 흥분하는 듯 보였지만 이내 마음을 안정시켰다.

"괜찮아요. 늘 그런 취급을 당한 것에 익숙해졌거든요. 그래도 매일 웃으려고 노력했어요. 억지로라도 행복해지고 싶었거든요. 하지만 저도 모르게 어둠이 제 얼굴에 가득 찼어요. 그렇게 순간마다 바뀌는 표정에 사람들은 제게 조울증이라며 병원에 가보라 했죠. 모두 저를 환자 취급했어요. 제 내면은 아무도 몰라 준 거예요."

노인이 강물에 돌멩이를 하나 던졌다.

"그날 그렇게 누님과 다투고 집에서 나오신 건가요?"

"아니요. 어떻게든 살아남으려고 노력했어요. 하지만 고생만 하시던 어머니가 갑자기 돌아가시고 저는 그 무리에서 나왔습니다. 도저히 이해할 수 없었거든요. 자기 삶만 중요시하는 그들을 말이에요. 집을 나온 후론 앞으로 더 이상 아무런 도움을 주지도, 받지도 않기로 했습니다."

"그리고 지금처럼 나와서 삶을 이어가신 건가요?"

"네. 정말 형편없죠?"

"아니요. 멋있으세요. 이곳과 닮으신 것 같아요."

노인이 먼저 자리에서 일어났다.

"힘들 때 언제든 이곳에 다시 와보세요. 제가 없더라도 누군가 이곳을 지켜주고 있을 거예요."

나도 뒤따라 일어났다.

"떠나시나요?"

"네. 어젯밤 꿈속에서 어머니를 만났어요. 정말 오랜만이었죠. 몇 달이면 그림은 완성될 거예요. 그러면 저는 또 여행을 떠나야죠."

"다음은 어디로 가시나요?"

"정하지 않았습니다. 하지만 이곳처럼 아름다운 곳이라고 믿습니다."

"응원할게요. 저는 내일 아침에 떠나려고 합니다."

"그 친구분 만나러 가시는 건가요?"

"맞아요. 꼭 만나고 싶어요."

우리는 오두막으로 돌아왔다. 익숙해진 방 안 가득한 그림들이 오늘따라 더 뚜렷하게 보였다. 색을 칠하지 않았지만, 흑색만으로도 감정이 느껴졌다. 특히 아직 마무리되지 않은 그림 속 여인의 감정이 궁금했다. 언젠가 다시 이곳에 꼭 오리라 다짐했다.

다음 날 아침, 노인이 내게 작은 그림을 주었다. 그림 속 나는 안갯속에서 환하게 웃고 있었다.

"이게 제 모습이에요?"

"처음엔 아니었죠. 하지만 지금은 그림과 똑같아요."

이곳에 머무르며 나도 모르게 상처가 치유되고 있었다.

"감사했습니다. 소중하게 간직할게요."

나는 노인과 개의 따뜻한 시선을 받으며 왔던 길을 되돌아갔다. 내 시선에서 오두막이 보이지 않을 때쯤 개가 크게 짖었다. 그리고 노인이 나에게 큰소리로 외쳤다.

"카네와, 꼭 친구를 만나요!"

*

밝은 하늘, 산산한 바람이 부는 날, 키레와 약속한 선착장에
도착했다.

이른 여름처럼 날은 쨍쨍했다. 맑은 구름이 가득 떠 있는 선착
장은 배로 가득 찼고 그 위를 갈매기들이 날아다녔다. 키레를
알아볼 수 있을까 걱정했지만, 그건 정말이지 기우였다. 키레가
배에서 내리며 먼저 나에게 손을 흔들었다.

"카네와! 여기야."

내 이름을 부르는 곳을 바라보니 키레가 있었다. 오랜만에 키
레를 봤지만 반가운 마음은 고등학교 시절 느낌 그대로였다. 하
지만 그의 외모는 조금 달라져 있었다. 너무나 왜소해졌고 몸
살에 걸린 듯 힘이 빠져 보였다. 그렇기에 연락 없이 떠난 그에
게 화를 낼 순 없었다.

"키레, 오랜만이야. 잘 지냈어?"

"그냥 뭐 똑같지. 너는?"

"나도 뭐 그럭저럭 살고 있어."

키레는 말하는 도중에도 기침을 멈추지 않았다.

"괜찮아? 어디 아파?"

"아니야. 잠깐 걸을까?"

키레가 힘겹게 발을 뗐고 우리는 느린 걸음으로 걸었다.

"무슨 일이야? 대학 붙고 유학 간다고 들었는데 아직 방학이
야?"

키레는 나의 물음에 회피하듯이 어물쩍하게 대답하고 넘어
갔다.

"너는 대학 다니고 있지?"

아픈 기억이 몰려왔다.

"떨어졌어. 지금은 다 뒤로한 채 여행 중이야."

키레는 애써 안타까운 마음을 숨기려 하는 듯했다.

"여행 좋지. 나는 마지막 여행 중이야."

"마지막이라니?"

"가야 할 곳이 있거든."

"어디 가는데?"

"비밀."

키레는 항상 비밀이 많다. 하지만 언젠가 다 알려주기에 나는
굳이 알려고 하지 않았다. 키레가 그렇게 하는 것에는 뭐든지
다 이유가 있었다.

"그럼 이제 뭐 하다 돌아가려고?"

"가보고 싶은 데가 있었거든."

"유학하는 그 동네에는 없어?"

키레는 콧바람을 내쉬더니 기침을 했다.

"당연히 없지. 여기는 아무도 모를걸?"

"근데 너 정말 괜찮은 거 맞아?"

키레는 나의 말이 들리지 않는다는 듯 자기 말만 이어갔다.

"내가 어렸을 때 말하던 곳 기억나?"

"붉은 노을이 있는 산?"

"아니, 거기 말고 다른데."

"음… 어디였지?"

"우리 숲에 갈래?"

나는 불길했다. 키레에게 나무란 자신의 속마음을 고백하는 대상이었고 숲이란 감당하지 못할 두려움의 장소였다. 키레가 열 살 때 같은 반 여자아이가 죽었다. 그녀와의 관계는 나도 자세히는 모른다. 하지만 그날 사이렌 소리와 함께 숲에서 뛰쳐나온 키레의 모습은 분명 가까운 사이의 죽음을 말하고 있었다. 키레는 너무나도 슬픈 눈으로 울고 있었다.

*

2009년 7월 1일

유난히 길었던 장마철. 카나에가 집에 찾아왔다. 카나에는 언제나 해맑게 웃는 아이였는데 그날 역시 다르지 않았다.

"키레야, 아직도 자고 있어?"

조용한 시골 마을이기에 카나에의 맑은 목소리가 더욱 또렷하게 들렸다.

"얼른 일어나. 놀러 가야지."

반쯤 감긴 눈으로 쇼파에 어제 벗어 놓은 널브러진 옷을 그대로 다시 입고 황급히 현관 앞에 섰다. 양말에 구멍이 나 있다는 사실은 신발을 신을 때쯤에야 알게 되었지만 아랑곳하지 않고 기다리는 카나에를 위해 서둘러 나갔다.

카나에는 마당에 있는 야구공을 만지작거리며 던지는 시늉을 하고 있었다.

"미안, 많이 기다렸어?"

"한 오 분?"

"너도 늦잠 잤구나?"

"그래도 늦진 않았어! 너 늦게 나왔으니까 이거 들어."

"이게 뭐야?"

"도시락. 흐트러지지 않게 잘 들어야 돼."

한 단 도시락통이 빨간 보자기에 잘 싸여 있었다.

"혹시 네가 싼 거야?"

"애매해. 산 음식을 담았거든."

"진짜 애매하네."

"그게 뭐가 중요해. 얼른 가자."

카나에는 자신 있게 앞장서며 걸었다.

"카나에, 어디로 갈까?"

우리는 장마가 시작되기 전, 마지막 모험을 떠나러 가기로 했다.

"그러게. 어디로 가지."

"앞으로 비 내리면 한동안 못 나올 텐데. 오늘은 평소에 가보지 못한 곳으로 가볼까?"

"어디 아는 곳 있어?"

"없어. 너는?"

"음… 일단 높은 곳으로 가볼까? 마을 전체가 보이는 곳으로. 저기 보이는 저 산 어때?"

"너무 높지 않아?"

"나 저기 언제가 한번 가보고 싶었단 말이야. 조금만 올라가 보자. 그리고 밥만 먹고 오는 거 어때?"

"그래. 네가 이렇게 원하는데 그 정도는 갈 수 있지."

우리는 등산로를 따라 산을 올라탔다. 습한 날씨 때문인지 온몸은 찝찝했고 도시락은 상할 것만 같았다.

"키레야, 오늘 너무 습하지 않아?"

"맞아. 벌써 씻고 싶어."

어디선가 흐르는 물소리가 들리기 시작했다. 서로 눈이 마주쳤다. 그리고 동시에 말했다.

"계곡!"

"키레야, 우리 계곡 갈까?"

"그래! 거기서 도시락 먹고 물고기도 잡자!"

"가재도 있으면 좋겠다."

"한 마리는 있지 않을까?"

우리는 물소리가 나는 곳으로 방향을 틀었다. 그곳으로 가려면 등산로를 이탈해야만 했지만 카나에는 주저하지 않고 그곳으로 향했다. 점점 길은 험해졌고 물소리는 강해졌다. 그리고 드디어 계곡은 모습을 드러냈다. 웅장한 나무들이 계곡을 둘러싸고 있었는데 마치 보물을 품고 있는 것 같았다.

"키레야, 저기 아래 봐. 무슨 만화책에 나오는 숲 같아."

"어떻게 이렇게 많은 나무들이 갑자기 나오지? 진짜 여기 완전 만화책에 나오는 곳 같아."

"오늘 완전 대박인데?"

우리는 조심스럽게 내려갔다. 제대로 된 길은 보이지 않았다. 나뭇가지를 잡으며 묽은 진흙을 밟아갔다. 조금 무서워진 나는 카나에에게 물었다.

"우리 가도 되겠지?"

"모험가가 두려워하면 안 되지! 걱정하지 마. 별일 없을 거야."

카나에가 앞장섰다. 그리고 나는 그녀의 발자국만 따라 걸어갔다.

"뭐 좀 보여? 물고기는 있을 거 같아?"

카나에가 바위를 밟고 걸어갔다. 그리고는 물가 앞에 쭈그려 앉았다.

"아무것도 안 보여."

카나에 옆에는 거대한 나무가 자리 잡고 있었다.

"우와. 옆에 나무좀 봐. 엄청 크다."

카나에가 나무줄기에 손바닥을 올렸다.

"이런 나무 정말 오랜만이야. 너도 손 한 번 올려 봐."

그녀 옆에 따라 앉았다. 그리고 조심스럽게 나무를 만졌다.

"어때?"

"거칠고 차가워. 그리고 뭔가 거대한 몸집에 비해 속은 되게 여릴 거 같아."

"그게 나무의 매력이야. 마치 모든 걸 품어주는 우리 엄마 같아."

우리는 아무 말 없이 한동안 물소리만 들었다.

"키레야, 우리 다음에는 다른 숲에 가보자."

"어디로?"

"음… 어릴 적에 엄마 등에 업혀서 갔던 곳이라 기억은 잘 안 나. 근데 어느 항구에서 배 타고 조금 갔어. 그건 확실해."

"여기랑 많이 달라?"

"응. 거긴 나무가 엄청 높아. 되게 촘촘하고. 너도 꼭 가봤으면 좋겠어."

"네가 그렇게 말하니 너무 기대되는걸?"

바람이 우리를 스치며 불었고 나무를 흔들었다.

"키레야, 이 나무 100년은 넘었을걸? 인생 선생님이야. 물어보고 싶은 거 있으면 물어봐."

"나무한테?"

"응."

"뭐라고 물어볼까."

"아무거나, 뭐든지. 지금 떠오르는 걸로!"

"음… 네가 먼저 물어볼래?"

"…나?"

웃고 있던 카나에의 얼굴이 점점 진지해졌다. 그리고 카나에는 한 손을 나무에 올린 채, 두 눈을 감았다. 숨을 크게 내쉬더니 작게 속삭였다.

"나무야."

그녀는 나무를 부르더니 거센 숨을 쉬기 시작했다. 그리고 숨이 다시 차분해질 때쯤, 떨리는 목소리로 더 작게 말했다.

"나, 우리 엄마 언제 만날 수 있어?"

카나에는 한동안 눈을 감고 나무와 대화했다. 그리고 잠시 후, 그녀의 두 눈에선 눈물이 흘러내렸다. 뒤따라 비도 내리기 시작했다. 어두워진 하늘, 불안해 보였다.

"우리 이제 돌아갈까? 너무 위험해 보여."

카나에는 대답이 없었다. 계속 눈을 감은 채 약지 손가락으로 나무만 어루만질 뿐이었다. 비는 더 강하게 내렸다. 폭우가 시작되었고 강물은 금세 몸부림쳤다.

"카나에, 괜찮아?"

그녀의 몸을 흔들었다. 금세 강물이 발등을 적셨다. 잠시 후 두 눈을 뜬 그녀는 몹시 당황스러워 보였다.

"미안…. 얼른 가자."

우리는 걸었던 길을 되돌아가기로 했다. 서둘러 준비를 마친 내가 먼저 일어났다. 그리곤 카나에에게 손을 뻗었다. 그 순간이었다. 비에 젖은 돌멩이에 미끄러진 그녀가 강물 속으로 빨려 들어갔다.

"카나에!"

*

키레의 눈에서 눈물이 흘렀다.

"키레, 괜찮아? 여기 어딘지 알 거 같아? 너 잠깐 의식을 잃었어."

키레를 바라봤다. 아무것도 묻지 말아 달라는 간절한 눈동자. 애써 웃는 미소. 나는 더 이상 그 어떤 생각도 하지 않기로 했다. 키레가 안정을 찾을 수 있게 최대한 편안한 표정을 지어 보였다.

"그래. 어디로 갈까? 숲으로 안내해줘."

키레와 나는 작은 배를 타고 숲을 향해 갔다. 마치 매일 만난 사이처럼 어색함이라곤 하나 없이 많은 이야기를 나눴다. 얼마 후 우리는 배에서 내려 조금 더 걸었다.

키레는 거침없이 앞장서 들어갔다.

"키레, 여기 들어가도 돼?"

"응. 될 거야. 가보자."

키레에겐 언제나 걷는 곳이 길이었다. 나는 키레의 발자국을 조금씩 흐트러트리며 점점 깊이 들어갔다. 그새 힘이 빠진 키레는 자주 휘청거렸다.

서늘한 숲속. 키레가 더 거칠게 숨을 내쉬었다.

"키레, 정말 괜찮은 거야? 조금 쉬었다 갈까?"

키레는 나의 목소리가 안 들리는지 서둘러 계속 걸음을 내디뎠다. 무언가를 급히 찾고 있는 모습이 마치 시간에 쫓기는 듯했다. 그리곤 어느 나무 옆에 기대었다.

"여기서 잠깐 쉴래?"

"여기가 네가 말한 숲이야?"

키레의 눈은 조금씩 젖어 들어갔다.

"상상했던 거랑 똑같네⋯."

앉아서 바라본 숲속은 하늘에 닿을 만큼 높이 솟은 가느다란 나무들로 가득했다. 무거운 바람에 흔들리는 나뭇잎 소리가 들렸다. 유독 우리가 앉은 자리에만 나뭇잎 사이사이로 빛이 들어 아늑하게 느껴졌다.

"여기는 어떻게 알게 된 거야?"

"누가 알려줬거든."

"그것도 비밀이지?"

"네가 모르는 사람이야. 그보다 여기 참 좋지 않아?"

"응. 마음이 편안해져."

키레와 나는 아무 말 없이 한참 동안 바람과 햇살을 맞았다. 바람이 잠잠해질 때쯤 키레가 말했다.

"카네와, 함께 갔던 바다 기억해?"

"당연하지. 할머니께 선물도 드리기로 했잖아."

"맞아. 우리 그때 소원도 빌었는데."

"너는 그때 빌었던 소원도 안 알려줬잖아. 이루긴 했어?"

"지금 이루고 있어."

"숲에 가는 게 소원이야?"

키레는 대답하지 않고 뜬금없는 말을 했다.

"카네와, 행복해?"

얼마 전까지만 해도 불행이 전부인 삶이었다. 그렇기에 지금 행복하다고 자신 있게 말할 순 없었다. 하지만 오랜만에 본 키레에게 좋은 모습만 보여주고 싶었다.

"행복하지."

키레는 웃음을 지었다.

"거짓말. 나는 다 알아. 오랜만에 만나는 네가 행복해 보였으면 했는데…."

"왜? 내가 안 행복해 보여?"

"응. 행복하다고 연기하고 있는 것 같아."

"행복을 연기한다고?"

"응. 사쿠라랑 있을 때는 정말 행복해 보였거든. 처음 봤어. 네가 그렇게 웃는 모습을."

사쿠라와의 추억이 떠올랐다. 맞다. 분명 그녀와 함께할 때 나는 진정 행복했었다. 하지만 키레는 그 후 나에게 일어났던 일들을 하나도 몰랐다.

"나 사실 헤어졌어. 네가 유학 간 동안."

키레는 아무 말도 하지 못했다.

"그리고 재수했어."

"지금은 시험 다 끝났을 거 아니야. 다시 사쿠라 만나면 되잖아."

"못 가. 사쿠라는 행복하게 잘 지내고 있을 거야. 그리고 지금 내 모습이 너무 초라해서 자신이 없어."

"그럼 이대로 가만히 있으려고?"

"어떻게 해. 이미 끝나버린 사이인데. 늦었어."

"정말 포기할 거야?"

"···"

키레는 먼 곳을 바라봤다. 그리곤 자신의 이야기를 내게 전하기 시작했다.

"나 사실 유학하러 떠난 거 아니야. 첫 시험을 보고 난 후부터 조금씩 아파지더니 어느 날 갑자기 쓰러졌대. 기껏 앞만 보고 달렸더니 병원에서 하는 말이 혈액암이래. 이미 많이 늦었다고 당장 입원해야만 한다고 했어. 사실 너한테 말하면 네가 찾아올까 봐 유학 갔다고 거짓말했어. 내 야윈 얼굴을 보여주고 싶지 않았거든. 미안해. 나도 나름 힘들었어. 거기서 시도 때도 없이 찾아오는 응급 환자들을 끝없이 봤어. 매일이 고통스러운 하루였지. 하지만 그러면서도 남들에게 뒤처지지 않으려 매일 책상에 앉아서 공부만 했어. 참 바보같이 말이야."

키레가 많이 아팠다니. 애써 덤덤하게 말해주는 키레의 모습에 나는 또 한 번 마음이 무너져내렸다. 하지만 내가 슬퍼하면 안 될 것만 같았다. 혹여 키레가 동정받는 느낌이 든다면 그건 키레에게 더 큰 상처가 될 것만 같았다. 키레는 늘 내게 단단한 모습만을 보여주려 노력하는 친구였고 내가 힘들 때면 언제든 어깨를 내어주고 내게 닥친 어려운 일들을 손수 해결해 주는, 마치 해결사와도 같은 친구였으니까. 그래서 자신의 병을 마치 하나의 해프닝처럼 이야기하는 키레의 의도에 나도 기꺼이 동참해주고 싶었다.

덤덤하게 스치듯 넘어가 주는 것이 내가 할 수 있는 최선이었다.

"그럼 치료는 다 끝난 거야?"

"아니, 그냥 나왔어."

"왜? 무슨 일 있었어?"

"그냥 이대로 죽는 건가 싶었는데 우연히 시한부 선고를 받은 한 아이와 이야기를 하게 되었어. 아이러니하게도 그 애는 정말 행복해 보이더라고."

"그런데?"

"도저히 이해할 수 없어서 그 아이에게 어떻게 그렇게 웃으며 지낼 수 있냐고 물었어. 그랬더니 정말 간단한 대답을 해줬어. 꿈을 이뤘기 때문이래. 그리고 그날 이후 죽음에 대한 걱정이 사라졌대."

"무슨 꿈이었는데 그래?"

"친구들과 생일파티 하기. 참 간소하지?"

"생일파티? 그거는 쉽게 할 수 있는 거 아니야?"

"맞아. 하지만 어렸을 때부터 중환자실에서 지내서 그 아이는 그걸 한 번도 못 해본 거야. 평생소원이자 꿈이 되어버린 거지. 고작 친구들이랑 생일파티 하는 게."

누군가의 소중한 꿈을 당연하게 여긴 내가 부끄러웠다.

"갑자기 그 애한테 미안한 마음이 드네…. 그래서? 그 아이는 어떻게 됐어? 생일파티는 잘 했대?"

"응. 하지만 며칠 뒤 세상을 떠났어. 그리고 나도 그 병원에서 나왔어."

아직 꽃잎 하나 피우지 못한 아이의 죽음. 세상은 때때로 참 야박했다.

"…그럼 너도 혹시 꿈을 이루러 나온 거야?"

"응. 내 꿈이 뭐였는지 기억나?"

"당연하지. 능력 있는 사람. 뭐, 회사 대표? 그런 거 아니었어?"

"기억하네. 하지만 그때의 꿈은 진정한 나의 꿈이 아니었어. 남들의 성공을 그저 나의 목표로 삼았을 뿐이지. 아무런 의심도 없이. 그리고 남들이 말하는 성공을 이루지 못하면 뒤처지는 줄만 알고 급하게 달려 나가기에만 급급했어. 그러다 그 아이를 만나고 마음 깊은 곳에서 울리는 작은 말소리를 듣게 되었어."

"그게 이 숲에 가는 거야?"

키레는 아까보다 훨씬 격해진 기침을 내뱉기 시작했다.

"응. 여기서 내가 바다에서 빌었던 소원을 이루는 거. 나 실은 바다에서 이렇게 소원 빌었어. 내가 죽도록 아플 때, 가장 소중한 사람과 함께 있게 해달라고."

키레는 나와 바다 여행을 떠났을 때도 분명 아팠을 것이다. 아픈 몸을 이끌고 나와 여행을 가다니. 추웠던 시험 날, 문 앞에서 벌벌 떨며 기다리던 키레의 모습이 아직도 생생하다. 어렸을 적에 함께 다짐했던 약속들과 밤새도록 놀았던 추억들. 같이 웃었고 혼나고 슬플 때면 함께 울었던 시간들이 떠올라 가슴이 아려왔다. 가엾은 키레. 키레는 여전히 어린 날의 맑은 웃음을 간직한 앳된 모습이었다.

키레가 뜨거운 몸을 내게 기댔다. 고통이 느껴지는 온도였다.

"학교에서 글 쓰는 너의 모습은 정말 멋있어 보였는데."

"언제 적이야."

"너의 숨겨진 진짜 꿈이었잖아. 소중한 추억을 기록하는 거."

키레는 나에게 자신이 수없이 했을 고민의 흔적을 공유했다.

"눈을 감고 남들의 시선을 가려 봐. 어느 순간 마음이 편해지는 느낌이 들 거야. 너의 숨소리마저 들리지 않을 정도로 차분해졌다면 가슴에 문을 두드려. 그리고 진정한 너의 마음의 소리에 귀를 기울여 봐. 정말 네가 원하는 게 무엇인지."

"내가 정말 원하는 거?"

키레는 힘겨운 얼굴로 나를 바라봤다.

"응. 나는 이미 소원을 이뤘어."

나는 사위어가는 키레의 모습에 애써 울음을 참았다.

"카네와, 나 행복해. 울지 말고 웃어줘."

그 말을 끝으로 키레는 돌아오지 않을 미소를 내게 지었다.

하늘은 요동쳤다. 주황빛의 밝은 태양은 어두운 하늘에게 급하게 자리를 건네주었고 검은 바람은 포효라도 하듯이 숲속을 거칠게 휘감았다. 나뭇잎들은 키레의 죽음을 모두에게 알리기라도 하는 듯 서로 부산스럽게 부딪히며 떨어져 그를 덮었다.

그 순간 하늘에선 새 땅의 기원이라 할 수 있는 빗물이 소나기처럼 내렸다. 빗물과 함께 터질 듯 참아왔던 나의 눈물도 세상에 외치는 통곡 속에 빠르게 흘러내렸다.

모든 것이 우리의 이별을 바라봐주고 있었다. 이미 한번 경험했던 서툰 이별과는 다르게 이번엔 도망치지 않고 고요하게 이별을 인정하는 시간을 가졌다.

그렇게 나의 영원할 줄 알았던 친구, 키레와 마지막 작별 인사를 마쳤다.

언제나 함께일 줄 알았던 키레를 떠나보내며 죽음을 실감했다. 사람은 언젠가 죽는다는 것. 누구든지 나의 곁을 떠날 수 있다는 것. 시간은 우리를 기다려 주지 않는다는 것. 시간은 지금도 흘러가고 있다는 것. 영원한 건 없다는 것. 어쩌면 나도 매일 죽음을 향해 나아가고 있는지도 모른다는 것까지.

함께 타고 왔던 배에 혼자 앉았다. 키레와의 소중한 사진을 오랜만에 꺼내 보았다. 바닷물 위로 곧게 꽂은 두 개의 스파클라 중 하나가 기울어져 있었다. 그리고 그때는 보이지 않던 것들이 보였다.

사진 속 두 개의 스파클라는 나와 키레의 모습이다. 꺼져가는 하나와 기울어져 있는 다른 하나가 젖은 모래 위에 꽂혀 있었다. 친구가 빛을 잃지 않기 위해 도와주려는 마음, 둘 다 우리의 모습이었다.

그날에 꺼져가고 있는 불빛은 죽은 것이 아닌 분명 잠이 든 것이었다. 그리고 확신했다. 꺼진 줄 알았던 작은 불씨는 하늘의 별이 되었다고. 떠난 키레는 가장 아름답게 빛나는 별이 되어 어디에서나 나를 응원해주고 있을 거라고.

다음 사진을 넘겨 보았다. 차마 지우지 못한 사쿠라와의 사진들이 있었다. 행복하게 웃고 있는 모습이 정말 나의 얼굴일까. 나도 분명 행복했던 순간들이 있었다는 믿을 수 없는 사실에 그리워 눈물이 흘렀다.

나는 두 눈을 감았다. 그리고 마음속 깊은 곳에 자리한 나에게 말을 걸었다. 그리고 대답을 들었다. 죽음의 존재를 받아들이고 살아있는 동안 네가 하고 싶은 것을 하라는. 나에겐 사쿠라와 함께하는 시간이 행복은 아닐지. 지금의 여행은 현실을 도피한 것일 뿐 행복과는 거리가 멀었다.

사실 사쿠라에게 다시 다가가기 겁이 난다. 하지만 정말 행복했던 그날들. 그리고 그 순간 함께했던 사람을 한 번만이라도 다시 만나고 싶다. 늦기 전에 인생에서 가장 소중한 사람, 사쿠라를 다시 찾기로 했다.

*

　가을밤, 오랜 여행 끝에 집으로 돌아왔다. 현관에서 부모님이 나를 반겨주었다. 집 안에 보이던 초록병은 더 이상 보이지 않았다. 이제야 야윈 부모님의 얼굴이 제대로 보였다. 나는 아무 말 없이 부모님을 안아주었다. 민망해 도망칠 줄 알았던 엄마는 환하게 웃어 주었고 나보다 몸집이 작아진 아빠는 이제는 두 팔로 감기지 않는 나의 등을 가볍게 토닥여주었다.

　어머니의 손짓으로 따라간 내 방은 떠나기 전과 똑같은 방이었지만 더 이상 습하지 않았다. 포근한 침대와 책상이 있었다. 이제 정말 필요해진 책상, 서둘러 의자에 앉았다.

　나는 집으로 돌아오는 동안 많은 생각을 정리했다. 사쿠라에게 어떻게 다가갈까. 지금은 연락할 수 있는 방법도 없을뿐더러 살아 있는지 조차 모른다. 어떤 소식조차 알 수 없기에 더 막막했다. 그와 함께 또 한 번 두려운 마음이 일었다. 이 방법이 맞는 것일지. 과도한 집착은 아닐지. 그녀의 인생에 내가 또다시 방해가 되는 건 아닐지 두려웠다. 내가 할 수 있는 건 오직 글을 쓰는 일. 불현듯 책을 쓰고 싶다는 생각이 들었다. '내가 쓴 책을 읽고 사쿠라가 기적처럼 찾아와준다면' 하고 기대하는 것이 나에게 남은 마지막 희망이었다. 서점을 좋아했던 사쿠라. 내가 쓴 책이 서점에 있다면 분명 사쿠라가 알아볼 것이다.

　옆에 꽂혀 있는 일기를 봤다. 온갖 불행한 이야기가 적혀있었다. 날짜는 적혀있지 않았다. 하지만 내용만으로도 그날이 어떤 날이었는지 정확히 알 수 있었다.

　나는 펑펑 울며 집에 왔다. 이 적막한 방에서 공책에라도 나의 심정을 표출하고 싶다. 오늘은 사쿠라가 졸업을 하는 날이다. 차마 다가갈 순 없지만 보고 싶은 마음에 몰래 학교에 갔다. 그리고 봤다. 행복해 보이는 그녀의 얼굴을. 그리고 처음 보는 남자와 함께 있는 그녀의 모습을. 저 자리는 나의 자리였지만 지금은 아니다. 분명 내가 떠났음에도 사쿠라에게 버림받은 것만 같다. 너무 늦어 버린 걸까. 가슴이 쓰라리게 아팠다. 가진 것이 없는 나였기에 더 쓰라렸다. 친구 사이가 아니기에 안부조차 물을 수 없는 사이가 되어 버린 우리. 정말 이대로 끝나버렸다.

나는 사랑에 대한 면역이 없다. 모든 게 처음이었기에 사쿠라와 함께한 날들은 세상에서 가장 행복한 시간이었다. 하지만 그만큼 이별도 아프다. 아니, 이별이 훨씬 더 아프다. 이기적인 이별을 한 건 나인데 왜 배신감이 드는 걸까. 사쿠라가 나를 여전히 그리워하길 바란 걸까.

같은 곳을 바라보고 있는 줄 알았지만 사쿠라는 그새 자기만의 방법을 찾았다. 시간이 약이라는 말이 왜 나한테서만 비켜 간 걸까. 시간이 약이라는 그 말. 나는 믿지 않는다. 시간은 아무것도 해결해 주지 않는다. 시간이 멈춰야지만 해결할 수 있는 것일까….

다시는 사랑하고 싶지 않다. 누군가에게 그 마음을 받고 싶지도 주고 싶지도 않다. 과연 사랑이란 무엇인가. 행복인가 슬픔인가. 아니면 고통과 인내의 시험인가. 하지만 다시 사쿠라를 처음 만난 날로 돌아간다 해도 그녀를 보고 설렐 것이고, 웃을 것이며, 사랑할 것이다. 정말 화가 나게도 나는 똑같은 선택을 할 것이라는 걸 잘 안다. 여전히 사쿠라를 향한 감정이 사그라지지 않았다니. 아직도 그날들을 애타게 그리워하고 있는 내가 참 비참하다…

지난날 써두었던 일기를 다시 읽으니 아팠던 기억이 다시 떠오른다. 이별의 고통을 알면서도 행복했던 과거로 돌아가길 원했던 나 자신이 너무나 안쓰럽게 느껴졌다. 하지만 지금은 조금 다르다. 사쿠라와 다시 사랑하고 싶은 것도, 원망하고 싶은 것도 아니다. 그녀의 곁에 새로운 누군가가 있어도 상관없다. 그저 한때 소중했던 사람과 차 한 잔 마시며 이별을 인정하는 시간을 가지고 싶을 뿐이다.

몇 주 동안 사쿠라와의 추억을 되새겼다. 일기라도 쓰는 듯 아련히 기억나는 기억을 한 글자씩 써 내려갔다. 사쿠라를 처음 봤던 날, 무대 위 혼자서 빛나던 그녀의 모습. 화단을 보며 미소 짓던, 내가 유난히도 좋아했던 그때의 모습. 함께했던 잊지 못할 수많은 밤들. 졸업식 날 양손 가득 내 선물을 들고 사랑스럽게 웃던 그녀의 미소까지 모두 다 적어보았다. 그렇게 어느덧 한 편의 소설이 완성되었다. 사쿠라가 그려주기로 약속했던 표지는 그녀가 직접 찍은 벚꽃 사진으로 대체했다. 분명 이 책의 표지를 사쿠라가 본다면 내 이름을 보지 않고도 알아차릴 것이다.

*

　1년 뒤 겨울, 나만의 이야기를 담은 책을 완성했고 한 곳의 출판사와 계약을 했다. 그리고 다음 해 봄, 벚꽃이 필 무렵 내 책이 세상에 나왔다. 사쿠라를 떠올리며 글을 쓰면 또다시 끔찍한 고통 속으로 빠질 줄 알았지만 도리어 마음이 편해졌다. 기뻤던 순간들은 잊히지 않고 모두 새록새록 떠올라 나를 미소 짓게 했고, 아팠던 감정들은 차분히 가라앉으며 서서히 마음은 치유되었다. 그렇게 나는 글을 쓰며 이별을 받아들이는 뜻깊은 시간을 가졌다.

　문득 키레가 떠올랐다. 마지막 순간까지 마음의 소리를 내게 공유해준 키레. 키레의 마음의 소리는 내 마음에 닿아 또 다른 소리를 들을 수 있도록 도왔다. 나처럼 마음에 상처를 입고 고통받는 이들에게 힘을 건네주는 것. 바로, 누군가에게 도움을 주는 일이 나의 두 번째 마음의 소리였다. 키레가 떠난 이후 나는 매일 아침 키레가 머물렀던 병원에 찾아가 아픈 어린이들을 위한 무료 급식 자원봉사를 했고 틈틈이 암치료센터에 기부도 했다. 책이 출간되고 얼마 지나지 않아 운 좋게도 내가 봉사하고 있는 병원에서 발간하는 잡지 한 페이지에 내 책이 실려 인터뷰할 기회가 주어졌다. 작가로서 첫 인터뷰라 긴장됐지만, 한편으론 설레는 마음이 일었다.

Q. 카네와 작가님. '벚꽃보다 먼저 너를 좋아해' 소설 잘 읽었습니다. 책을 읽으며 가장 궁금했던 부분이 있었는데요. 혹시 이 소설, 작가님의 경험담일까요? 실제 겪었던 이야기처럼 생생해서요.

나는 망설임 없이 대답했다.

A. 많은 소설가가 자기 경험을 소설에 투영하곤 하죠. 저 또한 그렇습니다. 제 경험의 70%는 이 책에 녹아 있어요. 나머지 30%는 어쩔 수 없이 허구가 들어갔지만 말이에요. 하지만 그 안에 얽힌 감정들은 모두 진심입니다.

Q. 그렇군요. 그렇다면 작가님께서는 이 책을 통해 어떤 이야길 전하고 싶으셨던 건가요?

A. 처음엔 단순히 제 감정에만 집중했어요. 소중한 추억들이 잊혀지기 전에 글로써 간직하려고요. 또 그녀가 이 책을 보고 먼저 연락을 줬으면 하는 마음도 일부 있었죠. 하지만 그러면서도 그녀를 그리워하는 제 마음을 그만 놓아주고 싶은 간절함도 있었습니다. 참 아이러니하죠. 그런데 책을 내면서 생각이 조금 바뀌었어요. 이제는 제 마음보다 이 책을 읽을 독자분들의 마음을 헤아리게 되었어요. 이 책을 읽는 분도 혹시 누군가를 떠나보내며 마음에 상처가 있지는 않을까. 만약 그렇다면 이 글로 인해 조금이나마 이별을 인정하는 시간을 가지고 위로받게 되었으면 좋겠다고 생각했습니다.

Q. 저도 책을 읽었던 독자로서 많은 위로가 되었습니다. 감사합니다. 그럼, 마지막 질문드리겠습니다. 책 속의 남주인공은 헤어진 연인과 재회에 성공하는데요. 혹시 작가님도 그러하셨나요?

A. 아니요. 그건 허구의 상황일 뿐 그런 일은 일어나지 않았고 실제로도 일어나지 않을 것입니다. 추억은 그리워야 아름답고 그리움은 닿을 수 없어야 의미가 있으니까요. 먼 곳에서 그저 서로의 안녕을 바라주는 일도 꽤 기분 좋은 일이란 걸 배웠어요. 그녀도 어디선가 분명 잘 살고 있을 겁니다.

인터뷰를 마치고 문밖을 나섰다. 어느새 해가 졌다. 봄의 저녁은 역시나 쌀쌀했다. 어디선가 맡아본 봄밤의 향기. 평소와는 다른 분위기. 오랜만에 짙은 봄의 향기를 맡았다. 집에 돌아온 나는 따뜻한 물로 몸을 씻어내고 차 한 잔을 마셨다. 오늘 사쿠라에 관한 인터뷰를 해서일까. 오랜만에 그날들의 감정이 떠올랐다. 시간이 지났음에도 마음 한편에 마치 잔향처럼 남아있는 사쿠라를 향한 마음. 아직도 그녀를 마음에서 완전히 비워내지 못한 이 어정쩡한 느낌. 역시나 전부 떨쳐내 버리진 못했다.

테이블 위에서 정적을 깨는 알림 소리가 들렸다.

책 잘 읽었어.

잘 지내고 있지?

난 요즘 그림 그리고 있어.

올해 마지막 벚꽃이 지면 해외로 떠날 계획이야.

그래서 말인데, 혹시 너만 괜찮다면

우리 차 한잔 마시지 않을래?

우리가 처음 만났던 그 잡화점. 그 안에서 기다리고 있을게.

-사쿠라

　문자를 본 순간 약간의 설렘과 긴장감이 공존했다. 옅게 허무한 감정도 들었다. 기다렸던 연락이었지만 아직 추억을 정리하고 있던 나에게 갑작스러운 만남은 당황스러웠다. 조금만 더 내 마음을 가지런히 정리할 시간이 필요했다. 하지만 분명한 건 이 감정의 끝에는 반가운 마음이 크게 자리하고 있다는 사실이었다.

　2주 후, 벚꽃이 절정에 달았을 무렵 사쿠라에게 답장을 보냈다. 그리고 약속 당일, 오랜만에 우리가 즐겨 만났던 그 사거리를 찾았다. 10대 후반, 많은 것이 흔들리고 어지러웠던 그 시절. 사쿠라와 함께했던 이곳은 예전 그대로였다. 바뀐 거라곤 지하에 있던 영화관이 사라졌다는 것뿐이었다. 인사도 없이 사라진 영화관이 조금은 아쉽게 느껴졌지만 몇 걸음 더 걸어가 보니 어린 사랑이 깃들었던 근린공원은 그대로 남아있었다. 사쿠라와 함께 앉았던 나무 벤치는 낡아졌다기보단 차분하게 농익어 있었다. 이별 후 추웠던 어느 겨울, 혼자서 이곳에 앉아 사쿠라를 떠올렸던 내 모습이 떠올랐다. 이제는 웃어 보일 수 있는 그날들. 정말 그 기억들을 놓아줄 수 있었다. 다신 오지 않을 이곳, 그래도 갈 곳 없던 우리에게 따뜻한 공간으로 안겨주었던 공원을 향해 고개를 살짝 숙여 마지막 인사를 했다.

해가 서쪽에 더 가까워졌다. 그리고 어느덧 첫 데이트 날 사복을 눈부시게 입은 사쿠라가 내게 손 흔들던 그 장소가 보였다. 조금씩 마음에 긴장감이 흘렀다. 따뜻한 햇살을 맞으며 푸른 하늘 아래 잡화점으로 향했다. 길가에 벚꽃만 더 풍성하게 피어있을 뿐 잡화점은 예전 그 모습 그대로였다. 향기롭고 가벼운 냄새. 숨을 크게 돌리고 잡화점 안으로 들어갔다.

'찰랑'

낭랑한 문소리가 울려 퍼졌다. 사람들이 여유롭게 앉아있었다. 그리고 안쪽에 앉아있는 한 여자와 눈이 마주쳤다. 그녀를 보니 자연스레 미소가 지어졌다. 같은 방향을 바라보며 앉아 웃고 떠들던 고등학생의 우리가 문득 떠올랐다.

그녀가 한 손을 들어 올리며 나에게 인사를 건넸다.

"카네와."

여전히 아름다운 사쿠라의 얼굴. 어렸을 때와는 다르게 차분해진 모습이 조금은 낯설었다.

"안녕."

나는 사쿠라 맞은편에 앉았다. 그녀의 앞에는 차가운 녹차가, 내 자리에는 따뜻한 생강차가 놓여 있었다.

"아직도 녹차 좋아하나 보네? 차가운 걸로."

"너는 생강차 맞지? 꼭 따듯하게."

아직도 기억하고 있는 서로의 취향. 어색했던 분위기가 서서히 풀려갔다.

"잘 지냈어? 여행 간다며?"

"응. 내일모레 출발해."

"금방 가네. 어디로 가?"

"칼프."

많이 들어본 이름이었다.

"칼프? 혹시 독일이야?"

"응. 어딘지 모르겠어?"

"많이 들어봤는데…."

"카네와, 네가 제일 좋아하는 작가 고향."

내 오랜 꿈이자 목표였던 여행지. 오랜만에 과거의 추억이 떠올랐다.

"그 작가의 책들 읽어 봤어? 그래서 거기로 가는 거야?"

"응. 맞아. 책도 거의 다 읽었어. 네가 엄청 추천했었잖아. 근데 왜 그런지 알겠더라고. 그 작가 너랑 꼭 닮았어."

"나랑?"

"응. 차분하고 특이해. 모든 것에 섬세하고 속은 참 여려. 그리고 무엇보다 소중한 것들을 정말 그리워해."

청소년기에 그 작가의 책들을 읽으며 성장했기에 어느새 그 감성을 닮아갔는지도 모른다.

"뭐… 그럴 수도 있지. 너도 그 작가의 책을 좋아해서 다행이다. 그래서 그곳에는 얼마나 있으려고?"

"아직 계획 없어."

사쿠라가 갑자기 장난기 있는 웃음을 지으며 나를 바라봤다.

"미래는 어떻게 될지 아무도 모르니까. 우리도 그랬었잖아?"

그 말에 우리는 가볍게 웃었다. 정말 이제는 이별했던 순간도 과거일 뿐이었다. 지난날을 웃으며 회상할 수 있을 만큼 우리는 성숙해져 있었다.

"잠시만."

사쿠라가 가방을 뒤척였다.

"자, 이거. 네가 병원에서 나한테 준 쪽지"

우리 둘만의 영원을 약속했던 그 장소. 그때 내가 조심스레 건네던 쪽지를 사쿠라가 다시 내게 건넸다. 번호표 뒷면에 적혀있는 작은 글씨에 서툴렀던 내 마음이 그대로 담겨있었다.

"아직도 가지고 있었네?"

"그럼. 네가 나한테 처음으로 준 편진데."

"내가 이런 문장을 적었던가."

"내 모든 아픔을 네가 다 가져가겠다고. 네가 그랬었잖아."

"으⋯. 유치해. 근데 정말 그렇게 됐네?"

나는 힘들었던 지난날을 잠시 떠올리며 서운했던 마음을 장난스럽게 표현했다.

"뭐래. 내가 훨씬 힘들었지."

사쿠라도 장난 섞인 말로 진심을 표현했다. 누가 더 힘들었는지는 이제 중요하지 않다. 지금 서로를 보며 웃고 있는 우리에 겐 그때의 아픔은 어린아이의 성화에 불과했다.

"그럼 우리 둘 다 똑같이 힘들었던 거로 하자."

"그래. 그리고 나 이거 하나만 해줘."

"뭐?"

사쿠라가 내가 쓴 책을 꺼냈다.

"여기. 네가 쓴 책에다가 싸인 하나만 해줘."

"내 싸인?"

"그래. 너 싸인."

나는 책 첫 페이지에 펜을 올렸다.

"근데 그 주인공 있잖아. 그거 나야?"

잠깐 멈칫했지만 싸인을 이어갔다.

"알면서. 너 이 책 다 읽어봤어?"

"응. 우리 참 순수했더라."

사쿠라가 책을 가져가며 말했다.

"근데 카네와."

"응?"

"너 아직도 나한테 감정 있는 건 아니지?"

분명 지금 내 눈앞에 있는 사쿠라를 좋아하진 않는다. 하지만 어린 시절, 그때의 우리 모습을 그리워하는 걸까. 좋아하지 않는다고 단정 지을 순 없었다.

"지금은 안 좋아하는 게 맞겠지."

"맞겠지는 뭐야. 불안하게. 그러지 마."

사쿠라가 웃으며 농담하듯 말했다. 그리고 말을 더 이었다.

"그래도 너 잘사는 거 보니까 기분 좋아. 근데 너 혹시 후회해?"

이별의 순간을 말하는 걸까, 사랑을 시작하기로 했던 순간을 말하는 걸까. 하지만 아무런 상관이 없었다.

"전혀. 다 소중한 날들인걸. 너는 후회해?"

"아니. 하나도. 나한테도 너무나 행복한 날들이었어."

지난 모든 시간에 위로받는 느낌이었다. 사쿠라 앞에서 부끄럽게도 눈방울이 맺힐 뻔했다.

"고마워."

"갑자기?"

"응. 그냥. 여러 가지로."

"아무튼 카네와, 넌 너무 착했어. 좋은 애였어. 진짜."

사쿠라는 웃으며 진심으로 대답해줬다.

그 후 한동안 책과 그림에 대한 이야기를 나눴고 서로의 일상을 공유하며 대화를 이어갔다. 차를 다 마셨을 때쯤 우리는 잡화점에서 나왔다.

"사쿠라, 어디로 가?"

오랜만에 불러보는 그녀의 이름. 이제는 오랜 친구의 이름을
부르는 느낌이었다.

"나 저기."

"나랑 반대 방향이네. 우리 진짜 안 맞는다."

"그러게. 우리 어떻게 하루 종일 붙어있었는지."

사쿠라가 어릴 때와 똑같은 미소를 지으며 내게 말했다. 잠깐
어색한 기류가 흘렀다. 옛날이라면 바로 맞잡았을 두 손. 이제
는 각자의 자리에 두 손이 있었다.

"이제 갈까?"

"응. 너랑 오랜만에 대화해서 재밌었어."

"나도 즐거웠어. 여행 조심히 갔다 와."

"그래. 너도 잘 지내."

사쿠라는 나를 잠깐 바라보더니 괜한 헛기침을 했다. 그리고
그녀가 뒤돌아섰다. 손 인사를 하려 망설인 사이에 또다시 늦
어 버린 내 모습에 웃음이 나왔다. 정말 다시는 볼 수 없을 것
만 같은 그녀의 뒷모습. 몇 걸음만 더 지켜보기로 했다. 그리고
이제 내 길을 향해 걸어가려는 순간, 그녀가 뒤돌아 마지막 말

을 건넸다.

"카네와."

"응?"

"우리 나중엔 밥이나 같이 먹을까?"

나도 모르게 미소가 피었다.

"그래, 좋아. 다음에 연락할게!"

이번엔 사쿠라에게 늦지 않게 손을 흔들며 인사를 건넸다. 그녀도 나에게 손 인사를 건네주었다. 그리고 우린 각자의 길로 헤어졌다.

지난 헤어짐과는 확연히 달랐다. 첫눈이 내리던 그날, 시렸던 우리의 이별과는 달리 오늘의 헤어짐에는 흩날리는 벚꽃이 함께했다. 그리고 다음에 또 보자는 따뜻한 안부도 함께했다.

각자의 방향으로 걸어가는 길 위로 아름다운 벚꽃잎이 쌓여갔다. 사쿠라와 보냈던 추억들은 모두 흘려보냈지만, 오늘 이 상쾌한 기분만은 마음속 깊은 곳에 간직하기로 했다.

나는 가벼운 발걸음으로 버스에 올라탔다. 그리고 달콤한 잠에 빠졌다.

*

　5교시를 마치기 10분 전, 문자 소리에 잠에서 깨어났다. 눈에
는 눈물이 맺혀있고 주변은 수많은 떨림의 흔적들로 어지럽다.
종이 울렸다. 그리고 떨리는 마음으로 발걸음을 옮겼다.
　따듯한 봄 향기 끝에 보이는 보건실 옆 화단에는, 세상에서 가
장 아름다운 사쿠라가 나를 기다리고 있었다.

　흩날리는 나무 아래 사쿠라.
　그녀는 언제나 나의 소중한 벚꽃이다.

사랑했던 그대를
스쳐 가는 인연으로.

붙잡을 수 없는 지난 그날이
아름다운 추억으로 간직되길 바라며
꼭 잡은 이 손을, 이만 놓아본다.

길고 깊었던 봄이 진다.

향기로운 벚꽃을 뭉개지 않으려
불어오는 바람에 꽉 잡을 수 없는 것처럼
이 정열적인 사랑도
이제 그만, 깊은 잠에 든다.

벚꽃보다 먼저 너를 좋아해

초판 1쇄 인쇄	2025년 4월 14일
초판 1쇄 발행	2025년 4월 24일

지은이	조예하

펴낸이	이장우
책임편집	송세아
표지 일러스트	이로 (@undefined_2jw)
편집 제작	안소라 김소은
관리	김한다 한주연
인쇄	KUMBI PNP

펴낸곳	도서출판 꿈공장플러스
출판등록	제 406-2017-000160호
주소	서울시 성북구 보국문로 16가길 43-20 꿈공장 1층

이메일	ceo@dreambooks.kr
홈페이지	www.dreambooks.kr
인스타그램	@dreambooks.ceo

전화번호	02-6012-2734
팩스	031-624-4527

ISBN	979-11-92134-92-5
정가	16,800원